Martin Andersen Nexø
Bornholmer Novellen

Die Andere Bibliothek

Martin
Andersen
Nexø

Bornholmer Novellen

Aus dem Dänischen übersetzt

Inhalt

Fränke	7
Übersetzt von Emilie Stein	
Schicksal	25
Übersetzt von Emilie Stein	
Bigum Holzbein	55
Übersetzt von Ellen Schou und Karl Schodder	
Der Todeskampf	73
Übersetzer unbekannt	
Zwei Brüder	103
Übersetzer unbekannt	
Der Lotterieschwede	137
Übersetzt von Martin Andersen Nexø	
Wenn die Not am größten	191
Übersetzt von Emilie Stein	
Der Hufschmied von Dyndeby	205
Übersetzt von Emilie Stein	
Über den Autor	219

Fränke

Ein dicker, behaarter Arm kam unter dem schweren Oberbett hervor, fasste die Bettkante und stemmte den wuchtigen Körper empor. Bett und Boden knackten unter dem Gewicht, und durch die Bretter der Stubendecke rieselte Staub herab; sie schob die Unterlippe breit vor und pustete über das Gesicht, um ihn zu entfernen.

Hockend saß sie da und starrte gedankenlos in das Dunkel, gähnte einige Male langgezogen und schmatzte mit den breiten Lippen. Sie sann darüber nach, warum sie eigentlich aufgewacht war. Die Laterne draußen auf der Straße brannte noch, es konnte also nicht einmal Mitternacht sein. Oder war es etwa doch die Zeit, um die sie aufzustehen pflegte? Schläfriger als sonst war sie ja nicht. Der Laternenanzünder war vielleicht gestern Abend betrunken gewesen und hatte vergessen, das Licht auszulöschen.

Aus dem Stroh unter dem Kopfpolster scharrte sie die Streichhölzer hervor und zündete eins an, um zu sehen, wie viel Uhr es sei. Halb zwölf! Sonderbar, dass sie so früh munter geworden war, wo sie doch sonst nie vor fünf aufwachte, außer wenn sie sich's bestimmt vornahm. Hatte sie am Ende gar nicht geschlafen?

Ob der Mieter inzwischen heimgekommen war? Sie hatte ihn nicht durch die Stube gehen hören. Also hatte sie wohl doch geschlafen? Ja freilich, geschlafen hatte sie. Und der *Alp* hatte sie gedrückt, obwohl ihre Schuhe so vor dem Bett standen, wie sie stehen sollten: mit den Spitzen nach außen. Sie hatte so garstig geträumt – dass man sie mit Petroleum übergoss und anzündete.

Sie fror im Rücken und kroch unter die Decke zurück, um weiterzuschlafen, aber wieder tauchte die Frage nach dem Mieter auf. War er am Ende doch daheim? Leise stand sie auf, stahl sich im bloßen Hemd zu seiner Tür und lauschte. Es war kein Schnarchen zu hören, und aus dem Schlüsselloch fiel kein Licht. Da, nun wusste sie es, sie hatte abends nachgedacht, um welche Zeit er eigentlich heimkomme. Sie machte leise die Tür auf und sah hinein: Er war nicht da – gottlob! Ganz mechanisch zog sie sich an: Unterröcke und Kleid, gestrickte Jacken und Tücher. Während des Ankleidens wurde sie nach und nach steif und unbeholfen; sie pustete schwer, und zwei lange weiße Dampfstreifen zogen aus ihren Nasenlöchern in den feuchtkalten Raum. Zuletzt hüllte sie sich den Kopf mehrmals ein, so dass nur die Augen frei blieben, steckte ein Bund Schwefelhölzer zu sich, löschte das Talglicht aus und ging fort.

Es war Frost und Windstille, die Sterne funkelten wie fröhliche Kinderaugen um ein Feuer, und zur Rechten über dem See lag eine dünne singende Decke – das erste Eis. Auf der anderen Seite ruhte das Meer und schickte von Zeit zu Zeit eine lange Dünung über die Ufersteine herein. Es klang wie das Atmen der schlafenden Vorsehung.

Fränke nahm den Weg, der aus dem Ort hinausführte. Sie hatte die Bettwärme noch in sich und zog die Luft wie eine Schlafende langsam und hörbar ein. Nur auf das eine achtete sie: sich stets im Dunkeln längs der Häuserreihe zu halten; sonst schlief alles in ihr.

Am Bach setzte sie sich aus alter Gewohnheit nieder, zog Stiefel und Strümpfe aus und knüpfte sie in ein Tuch. Dann ging sie mit bloßen Füßen auf der Landstraße weiter. Ihr Tritt war breit und derb, ihre Gestalt bewegte sich während des Gehens langsam auf und nieder wie ein Stempel – ein großer, schwer arbeitender Stempel, der lieber alles auf seinem Weg zermalmen als seitwärts ausbiegen würde. Die gefrorene Erde brannte ihr in den Fußsohlen, aber sie trat fest auf, und bald wurden sie warm.

Bald erreichte sie den schwarzen Fichtenwald. Ein langer gerader Pfad führte durch ihn hindurch, eine tiefe Spalte mit einem Band matten Himmels darüber. Es war pechfinster da drinnen und ein endloses Sausen und Flüstern hallte von den Baumwipfeln. Sie hörte es und wusste, was es bedeutete, denn sie war abergläubisch. Aber sie fürchtete sich nicht. Drinnen stand sie plötzlich still. Sie hatte beim Aufstehen das Talglicht ganz unter das Bett gehalten, um die Stiefel hervorzusuchen. Wie, wenn nun das Bettstroh Feuer gefangen hätte? Sie setzte sich auf das Moos, um darüber nachzudenken. Aber sie dachte gar nicht darüber nach, dachte überhaupt an nichts, als erwarte sie von außen her die Entscheidung, ob das Bett Feuer gefangen hatte oder nicht. Irgendwo tief in ihr, jenseits von Vernunft und Überlegungen, arbeitete es jedoch; ihre Hände holten die Streichhölzer hervor, schütteten sie in den Schoß und zählten tastend nach. Es waren dreizehn. Dreizehn war eine böse Zahl – am besten, man strich eins an. Es flackerte auf und warf ein rasches Licht um sich; dicht herum standen die nackten, geraden Fichtenstämme Seite an Seite wie die Orgelpfeifen in der Kirche. Als das Schwefelholz erlosch, überkam sie plötzlich ein Verlangen nach Feuer, und sie kroch auf allen vieren unter den Fichten herum, sammelte Nadeln und Zapfen und trug sie zu einem Haufen zusammen. Während das Feuer flackerte und knisterte und ihren Schatten nach allen Seiten hinaus- und emporwarf, ihn zusammenfaltete und wieder aufrollte wie ein mächtiges schwarzes Flügelpaar, saß sie unbeweglich da und starrte ohne Ausdruck und ohne Gedanken in die Flamme hinein, bis diese erstorben war.

Und wieder war sie auf der Wanderung, halb schlafend wie vorhin. Ab und zu erwachte sie und wunderte sich, dass sie diese und jene Stelle schon passiert hatte, ohne sich dessen bewusst gewesen zu sein. Und wieder versank sie.

Ein Wagen kam herangesaust. Der Hufschlag der Pferde sang auf der gefrorenen Landstraße, und der Schall fuhr in langen Rillen über das dünne Eis des Moores. Das Moor pfiff vom einen Ende bis zum anderen, gurgelte im Schilf und gab ein langes, zitterndes Gekreisch von sich. Rasch stieg Fränke in den Straßengraben hinunter, warf sich hinter einige Schlehenbüsche und blieb dort liegen, bis der Wagen ein gutes Stück vorbei war. Der Doktor – oder die Hebamme, dachte sie, und bei dem letzten Gedanken verzog sich ihr Gesicht träge zu einem schwachen Grinsen.

Wieder rückte das Meer näher, diesmal mit weißem Sandufer. Sie war bereits weit südwärts über Land gewandert, fort von den Felsen. Nun verließ sie die Straße und schritt auf den Sand hinunter; es ging sich hier so fest und behaglich. Da und dort lagen hochgezogene Boote kieloben. Unter einem schlief ein Mann; sie hörte ihn stöhnen. Er war wohl betrunken!

An einer Stelle mündete ein Bach; dort war die Sprengelgrenze. Sie watete durch die breite Mündung und bog in die Dünen ein. Ihre Füße waren jetzt kalt und empfindlich vom Waten, und das Strandgras schnitt sie; sie musste sich setzen und Strümpfe und Schuhe wieder anziehen, ob sie dies auch sehr über ihre Verhältnisse dünkte.

Landeinwärts der Dünen lagen von hohen schwarzen Pappeln überschattete Höfe und Häuser. Überall war man zur Ruhe gegangen. Sie hörte das Vieh in den Ställen mit den Ketten rasseln, und an einem Stall stand die Hintertür offen; man war drinnen eben dabei, eine Kuh zu entbinden. Zwei Männer standen da, die Füße gegen den Boden gestemmt, und zogen an einem Seil, das um Kopf und Vorderbeine des Kalbes gelegt war; die Kuh sträubte sich, um nicht mit hinuntergezogen zu werden. Da heißt es wohl Pferdekraft gebrauchen, ehe es gelingt, die Kuh zu entbinden, dachte Fränke. Fünische Rasse war es, soviel sie im Vorbeigehen hatte sehen können. Natürlich war das Tier erkältet; dieses fremde Vieh konnte ja das Klima nicht vertragen. Die Bauern sollten sich doch lieber an das heimische Vieh halten – das sollten sie! Aber heutzutage war ja alles auf das Fremde erpicht.

Hinter den Hügeln lagen der Reihe nach drei Höfe, schiefe, verfallene Fachwerkgebäude mit Düngerhaufen auf allen Seiten. Hier war das Ziel ihrer nun bald dreistündigen Wanderung.

Das nachlässige Schleppen verschwand nun aus ihrem Gang; sie kam langsam zum Bewusstsein und schritt vorsichtig weiter, den großen Körper behänd hin und her werfend. Ein Zaunstecken packte ihr Kleid und riss einen Stein mit. Sie blieb stehen, und ihr entfuhr unwillkürlich ein beschwichtigendes Tuscheln. Ein kurzes Anschlagen des Hundes aus dem Innern des Hofes war das Einzige, was sich rührte.

Sie lauschte ein wenig, ging dann vorwärts, schlich um alle vier Ecken des Gehöftes und prüfte die Außentüren. Sie waren alle von innen versperrt. Es war ziemlich finster jetzt, aber sie kannte jede Einzelheit und ging ruhig weiter. An dieser Ecke lag gewöhnlich ein Pflug – richtig, da lag er auch dieses Jahr. Bruder Jens sollte doch sein Gerät im Winter hereinnehmen; da lag es nun und verrostete. Und hier war der Pferdegöpel – gerade so, dass man darüber stolpern musste, wenn man es nicht wusste. Und ein wenig weiter vorn der Sumpf von Stalljauche. Man könnte kaum allein wieder herauskommen, falls man hineingeriete. Genau unter der Dachtraufe gab es freilich eine Steinkante, auf der man schlimmstenfalls balancieren könnte. Aber die gebrauchten sie für ihre Notdurft, ja, das taten sie! Dass sie sich dafür nicht ein Häuschen anschaffen konnten!

Dann stand sie vor dem Hoftor und fasste ganz leise nach dem Schloss; aber der Kettenhund fing sogleich heftig zu bellen an, und sie musste es aufgeben! Ob der Hund wohl die Leute geweckt hatte?

Nun schlich sie in den Garten und zum Schlafstubenfenster hin; sie legte das Ohr an die niedrige Scheibe und lauschte – alles ruhig da drinnen. Sie konnte sie atmen hören: lang ein und in Stößen wieder aus – sie schliefen. Das langgezogene Rasseln, das war der Alte – er hatte Schleim auf der Brust. Und dieses Schnarchen, das wie ein angstvolles Stöhnen klang, war Jens; das hatte er schon als Knabe gehabt, als sie noch in einem Bett schliefen. Da lag er dann mit offenem Mund auf dem Rücken und wurde am besten geweckt, sonst setzte der *Alp* sich auf seine Brust und wollte ihn schier ersticken. Wenn nur Gjarta es nicht hörte und ihn weckte; Fränke hatte sie ja selbst in das Verfahren eingeweiht, damals, als sie heirateten … Nein, jetzt drehte er sich um, schlief auf der Seite weiter; sie hörte es knacken, und sein Schnarchen beruhigte sich. In dem alten Vater pfiff es wie in einem keuchenden Ross; bald bekam er wohl den Husten und weckte das ganze Haus; es hieß sich sputen! Nun konnte er ja übrigens mit der Nase nach oben liegen und Landluft schnappen, der arme Tropf. An der Ecke des Wohnhauses blieb sie stehen, die Schwefelhölzer in der Hand. Der Dachvorsprung reichte bis zu ihrem Gesicht herab; gut trocken war er. Es war nur nicht günstig, von draußen anzuzünden; das Feuer konnte entdeckt werden, ehe es richtig brannte.

Sie wollte eben ein Schwefelholz anzünden, da fiel ihr der Schweinestall ein. Dort war eine Falltür, die die Schweine selbst aufschoben, wenn sie hinaus und herein wollten.

Sie schlich sich dorthin, arbeitete sich über den niedrigen Drahtzaun des Schweinehofes hinüber, hockte sich auf alle viere und kroch in die Öffnung hinein, während sie die Falltür vor sich mit der Stirn aufstieß. Die Tür scheuerte über ihren Rücken, fiel hinter ihr zu, schlug ihr hart auf die Fersen und hing und schwang weiter. Es war schlammig da drinnen – der Unrat ging ihr bis über die Handgelenke hinauf –, und es herrschte ein warmer, angenehmer Duft von vielen Schweinekörpern. Sie stieß im Dunkeln an ein Schwein; es grunzte behaglich und streckte die Beine von sich, der ganze andere Haufe schnarchte. Und sie grunzte im Weitergehen zurück, um die Schweine zu beruhigen.

Dann erhob sie sich; Spinngewebe und Stroh strichen über ihr Gesicht. Sie tastete vor sich hin – richtig! Der Heuboden war noch da wie in alten Tagen, als sie und Jens Fangen und Verstecken gespielt hatten. Rasch strich sie ein Schwefelholz an und hielt es zum Heu empor. Das Feuer bohrte sich ein wenig in das trockene Futter ein, wandte sich zurück und schleckte unter dem Heuboden weiter, bis es eine lotrechte Kante erreichte, dann flackerte es auf. Sie schickte einen inspizierenden Blick im Schweinestall herum und sah bei dem wachsenden Flammenschein zehn Ferkel aus einem Wurf, wovon eines eine Missgeburt war. Sie lagen der Reihe nach aufeinander wie Würste. Und sie kroch auf dem Weg, den sie gekommen war, wieder hinaus.

Draußen überfiel sie eine plötzliche Ratlosigkeit; sie lief ein paar Schritte nach der einen Seite, hielt inne und lief nach der anderen, stand wieder ein wenig und setzte dann rasch über den Acker hin zum Nachbarhof. Auf die Stallmauer gestützt, watete sie längs des Düngerhaufens über das Gras. Ab und zu blieben ihre Füße im Morast stecken. Sie schlich nicht mehr, sie hatte alle Vorsicht fahrenlassen, stampfte bis zum Schlafkammerfenster und klopfte an.

»Wer da?«, fragte drinnen eine schläfrige Stimme.

»Es brennt drüben bei Jensens«, erwiderte sie und lief davon. Dann hockte sie droben auf dem Risbyberg und starrte, das Kinn in die Hände gestützt, auf die Feuersbrunst hinunter. Rote Flammen brachen plötzlich da und dort aus dem Dach, schleckten tastend wie Zungen in die Luft, verschwanden und kamen mit vielen andern im Gefolge wieder; große brennende Heuflaggen jagten senkrecht in die Luft hinauf, knisterten und zerstoben in Feuerregen. Sie aber saß unbeweglich und starrte, und nicht ein Zug regte sich in ihrem Steingesicht. Nur als sie sah, wie ein alter gichtbrüchiger Mann zum Nachbarhof hinübergeführt wurde, nickte sie schwach.

Sie saß da und starrte hin, die Ellbogen auf den Knien und das Kinn in die Hände gestützt, kalt und klamm und leblos anzuschauen, als sei sie aus grauem, feuchtem Lehm geformt; saß da und starrte hin, bis der Brand beinahe vorbei war. Dann knüpfte sie Strümpfe und Stiefel wieder in das Tuch und wanderte die zwei Meilen heim.

Und in der Morgendämmerung, als der Mieter durch ihre Kammer ging, um sich zur Arbeit zu begeben, lag sie, die Nase in der Luft, im Bett und schnarchte sorglos; groß und vierschrötig und dumm – wie das Schicksal selbst.

Das Brandverhör ergab vorläufig nur so viel, dass kein Grund vorhanden war, den Eigentümer Jens Madvig festzunehmen. Er hatte ganz offenbar das Feuer nicht gelegt, darin stimmten alle überein. Wodurch es übrigens entstanden war, schien ein Rätsel; der Amtsrichter neigte zu der Ansicht, es wäre eine Selbstentzündung des Heus gewesen. Das Zusammenhalten, das bei den bornholmischen Bauern Sitte ist, zeigte sich sofort. Sie erschienen unverzüglich mit Leuten und Pferden auf der Brandstätte und begannen den Platz abzuräumen. Die Insassen des Hofes und das wenige Vieh, das den Flammen entkommen war, verteilten sie unter sich und fuhren täglich Bauholz und Steine aus der Stadt für den Wiederaufbau heran. Die Gebäude und das Inventar waren mit fünfunddreißigtausend Kronen versichert. Inzwischen hatte das Gerücht es eilig. Wie ein rastloser Vogel flog es von Ort zu Ort, senkte sich und erhob sich wieder, bis es sich endlich irgendwo niederließ und sitzen blieb.

Es war eine bekannte Sache, dass zwischen Jens Madvig und seiner Schwester Fränke – Karl Kofods Witwe – ein sehr gespanntes Verhältnis herrschte. Die Uneinigkeit war wegen des Vaters entstanden. Jens kam nämlich ungefähr um dieselbe Zeit, als seine Schwester Witwe wurde und sich ein Häuschen in der Kleinstadt kaufte, »von draußen« heim (er hatte auf Fünen gedient) und übernahm den Hof. Sogleich gab es Streit zwischen ihnen, wer von beiden den Vater zu sich nehmen sollte. Der Alte bezahlte ja, und Jens meinte, er könne die Erleichterung in den Abgaben wohl brauchen, die ihm der Aufenthalt des Alten auf dem Hof einbringe. Aber

Fränke hatte auch nichts dagegen, die vierhundert Kronen jährlich für den Vater zu bekommen. Sie hatte zwar vierzigtausend Kronen als Erbe von ihrem Mann, aber von dem Geld stand ungefähr die Hälfte auf dem Hof der Tochter und trug nicht allzu viel Zinsen; der Schwiegersohn lebte ausschweifend, und Fränke musste froh sein, dass er überhaupt auf dem Hof blieb, wenn es auch manchmal Zuschüsse erforderte. Sie hatte trotzdem ihr Auskommen, aber vierhundert Kronen waren es immerhin wert, mitgenommen zu werden – eine schöne Beihilfe für unvorhergesehene Fälle. Zudem fühlte sie sich nach ihres Mannes Tod und der Heirat ihrer Tochter vereinsamt; sie hatte übrigens auf ihre Art sehr an dem Alten gehangen. Sie setzte daher alles auf Krieg, und dieser endete denn auch vorläufig damit, dass der Alte mit ihr in die Stadt zog.

Allein, er vermochte sich dort nicht zurechtzufinden. Er verfiel rasch, nachdem er auf den Hof verzichtet hatte; ihm fehlten die gewohnte Umgebung und die Beschäftigungen eines ganzen Lebens, die ihn hätten aufrechterhalten können. Bald war er so schwach, dass die Beine ihn nicht mehr trugen; er saß in einem Korbsessel und hustete und wimmerte, dass er wieder auf den Hof zurückwolle.

Fränke stritt verzweifelt dagegen, und jeden Tag, wenn gutes Wetter war, trug sie den Alten im Stuhl auf die Stadtwiese hinaus, damit er das Grüne und die Kühe sähe.

Aber nach ein paar Jahren zog er doch wieder zum Sohn. Seitdem waren wieder einige Jahre vergangen, und man wusste bestimmt, dass Fränke in all der Zeit keinen Fuß auf den Hof gesetzt hatte, obwohl es sie nach dem Vater verlangte. Sie hatte wohl so halbwegs gehofft, dass er zurückkommen würde; es verlautete nämlich, dass sie sich draußen seiner nicht richtig annähmen, sondern ihn verwahrlosen ließen. Aber der Alte zog nicht zu ihr zurück.

Und zu alledem kam noch das mit der Stimme, die der Vetter auf dem Nachbarhof nachts gehört und die gesagt hatte: »Es brennt bei Jensens!« So vertraulich konnte kein Fremder sprechen! Zuerst glaubte man wie der Vetter, es sei ein Geist gewesen; aber nach und nach kamen den Leuten Zweifel an dieser Deutung, denn es fanden sich an der Mauer längs des Düngerhaufens Fußspuren, die sich bis zum Schlafkammerfenster verfolgen ließen. Es musste ein richtiger, lebendiger Mensch gewesen sein, noch dazu einer mit Weiberstiefeln.

Aber dort, zwischen Mauer und Düngerhaufen, konnte nur einer gehen, der ortskundig war, denn von der Mauer war es nur eine Elle Breite bis zu der grundlosen Düngerlache – und dazu war es dunkle Nacht gewesen. Endlich konnte auch der Mieter drei Finger in die Höhe strecken und beschwören, dass Fränke nicht zu Hause gewesen war, als er um Mitternacht heimkam.

Dies alles wurde vom Gerücht bearbeitet, bis es eine zusammenhängende Geschichte von Hass und Rache wurde, und Jens Madvig erhielt sie zur Bestätigung vorgelegt. Er aber erklärte das Ganze rundweg für Weibergewäsch und Unsinn. Natürlich, er war ja trotz allem ihr Bruder; und wie es auch ging, er bekam jetzt einen neuen Hof und verdiente noch ein hübsches Stück Geld dazu – dank der Hilfsbereitschaft der Bauern.

Der Versicherungsagent hörte diese Gerüchte ebenfalls und griff die Geschichte im Interesse seiner Gesellschaft auf; und eines Tages hieß es dann, Fränke sei verhaftet.

Mit ihr kamen sie aber nicht weit. Während der Verhöre stand sie mit unerschütterlichem Ernst da, verzog keine Miene und beantwortete nicht eine einzige Frage. Sie wurde dem Bruder gegenübergestellt, aber das machte nicht den geringsten Eindruck auf sie; ihr Gesicht konnte nicht härter werden, als es war.

Der Bruder seinerseits erklärte, direkt entgegen dem Dorfklatsch, dass sie keinen Streit miteinander hätten. Sie wären immer besonders gut miteinander ausgekommen, und es läge ihm fern, einen Verdacht gegen sie zu hegen! Der Vetter wurde ebenfalls vorgeladen, hielt aber mit einfältiger Miene an seinem Geist fest. Und als er gefragt wurde, ob er die vertrauliche Stimme erkannt habe, antwortete er bestürzt: »Nein, gottlob, man hat doch keinen Verkehr mit Gespenstern und solch unchristlichem Volk. Unberufen!« Und er klopfte dreimal unter die Schranke und sah den Amtsrichter ernsthaft an. Auch der Mieter wurde vorgenommen. Er konnte aber nur sagen, dass Fränke nicht zu Hause gewesen sei; wo sie sich aufgehalten habe, davon könne er ja keine Ahnung haben.

Ob sie sich denn nicht in irgendeiner Weise über ihre Abwesenheit geäußert habe?

Nein, sie gehöre nicht zu den Leuten, die über ihre Angelegenheiten schwätzten; der Amtsrichter würde schon wissen, wie wortkarg sie sei. Der harmlose Amtsrichter nickte zustimmend, während der Gerichtsschreiber und die Beisitzer einander ein bisschen boshaft anblinzelten.

Man nahm einen ihrer Stiefel und versuchte, ihn in die tiefen Abdrücke längs des Düngerhaufens zu stellen; der anhaltende Frost hatte sie bewahrt. Der Stiefel passte ganz gut, aber das war ja schließlich noch kein Beweis.

Auf Indizien hin verurteilen konnte man sie nicht, sie musste zum Geständnis gebracht werden.

Zu diesem Zweck und auch im Hinblick auf verschiedene andere Brandaffären schickte man nach der Hauptstadt und ließ einen scharfsinnigen Kommissionsrichter kommen. Sein Ruf eilte ihm voraus; er war früher schon auf der Insel gewesen, und die Bauern hatten einen wahren Abscheu und Schrecken vor ihm. Etliche meinten gar, er sei der Böse selbst. Er scheute gewiss nicht davor zurück, den Leuten kochend heiße Eier unter die Achsel zu stecken oder die Daumenschrauben und die Streckbank anzuwenden, wenn es galt, einen zum Geständnis zu bringen. Die Folterwerkzeuge standen sicherlich noch von seinem letzten Besuch her in einem Verschlag des Rathauskellers. Man wusste auch von ganz unschuldigen Menschen, die, sobald sie hörten, dass er im Kommen sei, auf den Boden gegangen waren und sich erhängt hatten – bloß weil der Blitz einmal bei ihnen eingeschlagen hatte. Von den Schuldigen ganz zu schweigen; die taten wohl lieber alles andere, als ihm in die Klauen zu fallen.

So war Fränke denn geliefert!

Aber sie hielt dem Kommissionsrichter ebenso tapfer stand wie dem guten Amtsrichter, und alle seine verzwickten Kreuzfragen prallten an ihrem unerschütterlichen Schweigen ab. Nur einmal, als er über eine halbe Stunde lang Fragen an sie gerichtet hatte, öffnete sie den Mund und stieß hervor: »Frag die anderen, du Fragekrähe!«

Das wirkte so weit, dass sie von den ewigen Verhören loskam. Doch der Kommissionsrichter war nicht gesonnen, seine Beute fahrenzulassen; er spähte nur nach anderen Mitteln aus, ihr zu Leibe zu rücken. Sie von dem Gefängniswärter prügeln zu lassen nützte gewiss nichts; ein Weib wie sie würde sich aus Prügeln kaum etwas machen. Man könnte ihr eine lausige Armenhäuslerin zur Gesellschaft geben; das war ein alter historischer Kniff – bereits bei Leonore Ulfeld angewandt; aber Gott weiß, ob das wirken würde? – Was in aller Welt könnte wohl solch ein Stück Fleisch mürbe machen? Fleisch! Ja, gerade das! Ein Stück Fleisch war sie, groß und schwer! Sie musste sicher Freude am Essen haben. Wie, wenn man versuchte, sie ein wenig auszuhungern?

Und Fränke wurde auf »Fieberkost« gesetzt.

Nach Verlauf von vierzehn Tagen kam sie wieder zum Verhör. Sie war in der verflossenen Zeit etwas dünner geworden, aber ihre Zunge war nicht gelöst; sie war ebenso stumm und versteinert wie zuvor.

Ihre Rechnung war nun leicht abzuschließen; jedes Kind im Städtchen konnte das Exempel lösen. Wenn sie gestand, nahm die Versicherung ihr Vermögen, und ihre Tochter und ihr Schwiegersohn mussten bettelarm vom Hof gehen, noch dazu, ohne jedem das Seine geben zu können, so dass sie für alle Zeiten gebrandmarkt wären.

Die Lage war spannend – wie ein Wettlauf oder ein Ringkampf. Durch die Beisitzer gelangten die Ereignisse im Gerichtssaal unter die Leute; man wusste, dass sie die Rolle der Stummen spielte und dass sie ausgehungert wurde, und die brennende Frage war: Wird sie sich durchschlagen? Die meisten glaubten es nicht, aber alle wünschten es, obgleich keiner an ihrer Schuld zweifelte.

Dann kam sie wieder zum Verhör.

Ein Monat war vergangen, seit man sie hungern ließ. Sie konnte die hausgewebten Kleider nicht mehr füllen, das Gesicht war eingefallen und hatte Ausdruck bekommen, den Ausdruck von etwas Gefräßigem, vom Verlangen, die Zähne in Fleisch zu schlagen, in was für Fleisch auch immer, sogar in den Kommissionsrichter selbst. Sie stand nicht mehr versteinert da, sondern schielte mit einem Blick voll Hass und Rache auf ihren Quälgeist; aber sie blieb unerschütterlich stumm. Die Gerichtszeugen starrten entsetzt auf die beiden Konkurrenten, Richter und Angeklagte, Jagdhund und Wild, Bluthund und Verbrecher.

Nun sollte der letzte Trumpf ausgespielt werden – man wusste es vom Gefängniswärter.

In zwei Tagen war Weihnachtsabend. Da sollte der Weihnachtstisch für sie gedeckt werden mit Gänsebraten, Vollbier und Leckerbissen. Sie sollte es vor Augen haben und wissen, dass sie davon essen dürfe, wenn sie nur gestehe.

Nun war sie also endlich geliefert!

Aber Fränke war nicht geliefert. Sie wusste, dass sie es nicht mehr viel länger aushalten würde. Der Hunger quälte sie schlimmer als der Teufel, bald würde er sie so von Sinnen bringen, dass sie für alles zu haben wäre. Aber sie wollte nicht gestehen und ihre Tochter mit dem Bettelsack umherziehen lassen, während alle ihre Tausender in wildfremde Hände übergingen. War der Hof des Bruders vielleicht nicht gegen Brandschaden versichert? Was hatten sie dann mit ihrem Geld zu tun? Und das Geld, das sie einmal vom Vater erben sollte, vielleicht würde man auch danach auf der Lauer liegen!

Und am Weihnachtsmorgen, während der Gefängniswärter die Lockspeise bereitete, spielte sie ihren letzten Trumpf aus. Sie biss ihr Schürzenband ab und erhängte sich damit am Türgriff.

Schicksal

Ole Dues Hand zitterte heute noch mehr als sonst. Von der gemeinsamen Schüssel, die mitten auf dem Tisch stand, führte eine Milchstraße zur Tischkante und über Oles schöne Weste bis hinauf zum Mund. Auf jedem Hinweg ließ der Löffel ein paar Tropfen hinter sich zurück, als wolle er sich den Rückweg zur Schüssel sichern. Sooft die Weste ihren Teil abbekam, sandte Gjarta ihrem Mann einen zornigen Blick zu, und Ole beeilte sich, mit dem Handballen nachzutrocknen.

Milch mit Klößen war übrigens Oles Leibgericht, nur kam es ihn schwer an, die Klöße zu bewältigen. Gjartas Klöße waren hart und hatten einen schleimigen Überzug, und Oles Gaumen konnte auf ihnen keinen rechten Halt finden; sie rutschten in die Backe hinein und in den Mund zurück, und er saß da und knaupelte.

Keiner sprach, aber die Kauwerkzeuge brachten genügend Lärm hervor, es klang wie eine ganze Werkstatt. Und wenn Ole sich rechte Mühe gab, dann verdrehte er die Augen im Kopf wie ein Hund, der in Eingeweiden wühlt. Plötzlich fiel ihm ein Kloß aus dem Mund und in die Schüssel zurück, wo er wie eine Bombe einschlug. Ole sah verdutzt drein, der Knecht aber brach in Gelächter aus und Gjarta mit ihm; und nun wälzte sich auch Ole vor Lachen. »Der ist wahrhaftig in seiner Mutter Schoß zurückgekehrt«, erklärte er mit langem Schielen. »Wo zum Kuckuck bist du denn geblieben?« Er rührte mit seinem Löffel in komischem Suchen in der Schüssel herum.

Der Knecht krümmte sich vor Lachen.

»Hättest ein Zeichen hineinbeißen sollen«, bemerkte Gjarta. Das war ein Hieb auf seine Zahnlosigkeit.

»Wollt ich auch, er hat mir aber keine Zeit gelassen. Ich beiße nämlich am besten mit dem anderen Ende, dass du's weißt – und du würdest nie in Zweifel geraten wegen der Ware. Aber, wie gesagt, jedes Ding muss seine Weile haben.«

»Pfui, schämen solltest du dich – bei Tisch solche Reden zu führen«, schimpfte Gjarta kopfschüttelnd. Aber lachen musste sie doch.

Ole führte noch ein paarmal unentschlossen die Hand hin und her, dann steckte er den leeren Hornlöffel resolut in den Mund, drehte ihn ein paarmal darin herum, trocknete ihn mit dem Daumen ab und warf ihn in die Tischlade. »Esst ihr nur weiter«, sagte er und stand auf. »Ich muss sehen, dass ich fortkomme.«

Der Knecht löffelte weiter, doch Gjarta legte den Löffel hin, um ihrem Mann an die Hand zu gehen.

Ole war klein und welk, aber rasch in seinen Bewegungen. Der Kopf war kahl, Gesicht und Kinn glatt rasiert, aber ganz unten am Hals trug er einen langen Bartkranz, der von Ohr zu Ohr ging und die Körperwärme unter den Kleidern zurückhalten sollte. Er trug Latzhosen mit weißen Beinknöpfen und eine hochgeknöpfte Weste, und nun half ihm Gjarta in den Staatsrock. Der war aus blauem Soldatentuch und ging im Nacken hoch hinauf, als hätte er längere Zeit am Haken gehangen.

»Steh doch still!«, herrschte Gjarta ihn an, während sie ihm den Bart unter die Weste stopfte.

Aber Ole konnte nicht ruhig stehen, er fieberte. Gjarta feuchtete einen Zipfel ihrer Schürze im Mund an und rieb ihm an einigen Stellen das Gesicht ab.

»So«, sagte sie und gab ihm einen letzten Strich, »jetzt glänzt du wie eine Kröte auf einem Torfhaufen in der Schummerstunde.«

»Na, und ihr kommt wohl miteinander aus?«, fragte Ole und schaute schelmisch von ihm zu ihr. »Für Gjarta steh ich ein, wenn sie am rechten Zipfel genommen wird; die muss man mit dem Haarstrich streicheln wie die Katzen.« Er zwickte sie ausgelassen in die Seite.

»Ach was, halt deinen Mund, du altes Schnattermaul, und schau, dass du fortkommst«, gab Gjarta ärgerlich zurück.

»Das kann sie halt nicht leiden«, meinte Ole lachend und schnipste mit den Fingern in die Luft. »Nein, auf die Art komm ihr nicht, sonst gibt's eins auf den Rüssel. – Na, Peter«, fügte er ernst hinzu, »du gehst ihr doch zur Hand – mit Wasser oder was sie sonst braucht.«

»Tu ich schon«, erwiderte der Knecht still und ging hinaus, um die Pferde aus dem Stall zu holen.

Ole Due stand da und schaute ihm nach, während Gjarta sich mit dem Gürtel seines Wettermantels abplagte. »Ein

Prachtkerl ist er schon, der Peter«, sagte er. »Wenn wir eine Tochter hätten, dann würde er sie bei Gott kriegen. Und sie könnten meinethalben morgen den Hof übernehmen.«

Gjarta brummte störrisch, sie hätte nicht ein bisschen Lust, aufs Altenteil zu kommen.

Nun küsste er sie und trippelte hinaus. Die Spannung der Stadtreise leuchtete ihm aus den Augen, die Arme spreizten sich nach den Seiten, er ging lullend – wie ein gutgelauntes Kind. Seine ganze Erscheinung erinnerte an die eines großen Kindes, das etwas Außergewöhnlichem entgegengeht.

Ein Gedanke dieser Art streifte Gjarta. »Er wird kindisch, der alte Tropf!«, murmelte sie vor sich hin, während sie den Tisch abzuräumen begann.

Der Knecht spannte die mittelgroßen bornholmischen Pferde vor. Ole lief neben dem Wagen auf und ab und sah verantwortungsvoll aus. Unaufhörlich wanderte die Zungenspitze zwischen den erdfleckigen Lippen hin und her. »Sollen wir noch ein paar Säcke darauflegen?«, fragte er und rüttelte an dem Wagen. »Glaubst du, es geht?«

Der Knecht meinte schon. »Der Bauer ist ja ein vorsichtiger Kutscher«, erklärte er.

Dann gingen sie auf den Tennenboden. Ole half dem Knecht, die Kartoffelsäcke über den Nacken zu schmeißen, und ging jedes Mal mit ihm hin und zurück, um aufzupassen, dass er die Säcke nicht zu heftig auf den alten Wagen warf. Es zuckte in Oles welkem Gesicht, sooft Peter richtig zupackte – der Bursche kannte eben seine Kraft nicht!

Während Peter den Eimer mit Wagenschmiere zwischen

die Hinterräder hängte, zerrte Ole prüfend an den Wagensträngen und ging dann noch einmal hinein, um einen letzten Schluck zu nehmen und einen letzten Schimmer von Gjarta zu erhaschen, ehe er sich der Landstraße anvertraute. Gjarta war nicht da, und er wollte ihr nicht ins Waschhaus nachlaufen; ein Kuss wäre zwar nicht übel gewesen, aber man durfte von den Weibsbildern nicht zu viel Wesens machen. Er öffnete den Wandschrank, leerte die Kandisschale in die Manteltasche, steckte ein Stück in den zahnlosen Mund und schlug dann das große ockergelbe Halstuch über das Gesicht hinauf. Draußen stand der Knecht und hielt wartend die Zügel, das sah ganz herrschaftlich aus, wirklich ganz herrschaftlich. O ja!

Gjarta hantierte unterdessen im Waschhaus herum, guckte aber jeden Augenblick hinaus. Er kam doch niemals fort, er trödelte und nörgelte! Nach einiger Zeit kam sie wieder in die Stube gestürzt. Dort stand Ole, beide Hände auf die Tischplatte gestützt, zusammengesunken wie ein alter Gaul, und starrte blind hinaus. Sein Kopf zitterte.

»Da steht er noch!«, rief sie barsch. »Weißt du was, Ole, du bist ein rechter Trödler!« Nun stapfte Ole davon, und der alte Leiterwagen knirschte auf seinen Holzachsen zum Hof hinaus.

Der Knecht stand an der Giebelwand und sah dem Fuhrwerk nach. Tief schnitten die Räder in den Sand, der Schmiereimer schwankte unter dem Wagen, der Wagen selbst schwankte und Ole auch. Das Ganze wackelte stumpf und regelmäßig hin und her wie der Kopf eines Schwachsinnigen. Endlich verschwanden sie in der Kiefernschonung. Peter stand immer noch da und strich mit dem Daumen über das fleischige Kinn. Sein dünnbehaarter Kopf war ungewöhnlich groß, aber der größte Teil davon stand leer; da war vorsorglich gebaut, in Erwartung eines großen Zuwachses. Doch das bisschen Verstand, das er hatte, schaute ihm jederzeit neugierig aus den Augen und gab dem Ganzen ein bewohnteres Aussehen; seine wohlgenährte Gestalt strahlte Gutmütigkeit aus und das Bedürfnis, sich's bequem zu machen.

Mit klappernden Holzschuhen schlenderte er schließlich über den Hof und in die Stube hinein, trank einen Schluck aus dem gelben Tonkrug und setzte sich dann hin, um seine Strümpfe am Kachelofen zu trocknen. Der Ofen spuckte, sooft die nasse Sohle ihn berührte, und ein Geruch von verbrannter Wolle verbreitete sich in der Stube. Draußen sah er Gjarta über den Hof gehen und in der Häckseltenne verschwinden; sie suchte ihn wohl. Er aber saß so gut, dass er nicht aufstehen mochte; sie fand schon noch den Weg herein. Dann kam sie zurück und machte sich im Waschhaus zu schaffen. Die Holzschuhe klapperten andauernd. Wasserplätschern scholl herüber und dann und wann das Hämmern einer Feuerzange an Eisen. Nach einer Weile kam sie endlich in die Stube.

»Hier sitzt du, Peter!«, sagte sie und stellte sich an den Ofen. Ihre aufgeschürzten Röcke troffen von Wasser. »Du versengst ja deine Socken.«

»Mich fror so an den Knöcheln – sie sind nass.«

»Du kannst ein Paar trockene Socken von Ole haben, aber

lass es ihn nicht merken, er hat Augen wie ein Teufel.« Sie zog die Lade unter dem Kachelofen auf, wo das Wollzeug verwahrt wurde, nahm ein Paar dicke Socken heraus und warf sie ihm in den Schoß. Dann blieb sie neben ihm stehen und sah zu, wie er die Strümpfe wechselte. »Ein paar ordentliche Zaunpfähle hast du, weiß Gott«, bemerkte sie.

»Ja, die Beine, die halten wohl, wenn's weiter nichts ist, was dich abhält!«

Gjarta lachte verschämt und trat zum Tisch. »Hat Ole wahrhaftigen Gottes doch wieder was verschüttet«, erklärte sie ärgerlich und strich das Bier über die Tischkante wieder in den Krug zurück. »Er ist doch schon ein wenig zittrig.«

»Ist ja auch bald ein alter Tropf«, bemerkte Peter mitleidig.

»Fünfundfünfzig, das ist doch nicht so schrecklich alt, der kann neunzig werden. Wenn Leute einmal in dem Alter sind, dann ist kein Ende abzusehen mit ihnen.«

Peter antwortete nicht, sondern saß da, in ein Rechenexempel vertieft. »Bis dahin bist du ein altes Weib, Gjarta«, sagte er endlich.

»Ja, und du hast dann auch das Beste hinter dir.«

Eine Weile schweigen sie beide.

»Na, jetzt wollen wir Kaffee trinken«, meinte Gjarta schließlich und ging den Kessel holen.

Der Kaffee bestand im Wesentlichen aus gebranntem Roggen. Er hatte wie üblich ausgiebig gekocht und wurde gleich aus dem Kupferkessel eingeschenkt. Gjarta holte von dem Gestell im Alkoven eine Schüssel Milch, löste mit dem Finger den Rahm von den Seiten und tat reichlich in die Tassen. Als sie Zucker nehmen wollte, war die Kandisschale leer. »Das ist Ole gewesen!«, rief sie ärgerlich aus.

»Ja, der wird eben auf seine alten Tage wieder zum Säugling – kann einen schier nicht wundern«, meinte Peter.

Gjarta erwiderte nichts, sondern ging wieder zum Alkoven und kam mit einer Tüte Kandis zurück. Sie schüttete ein paar große Stücke auf den Tisch vor den Knecht hin, der sie eins nach dem anderen in den Mund steckte, sie zerbiss und aus dem offenen Mund in die Zuckerschale hinabfallen ließ.

»Schönen Dank für den Kaffee«, sagte Peter und stand auf. »Und jetzt hätt ich wohl noch gern einen Schlecker unter der Nase.« Er beugte sich über seine Hausmutter und wischte sich begehrlich den Mund ab.

Aber Gjarta setzte ihm die geballte Faust vor die Brust. »Wenn du aufs Schlecken aus bist, schleck die gefleckte Kuh an einer gewissen Stelle«, erklärte sie hart. »Solange Ole und ich zusammengehen, will ich ihm auch grade in die Augen schauen können. Ich bin eine ordentliche Person, dass du's weißt.« Sie sah ihn unbeugsam an.

Peter aber senkte den Blick wie ein Hund. »Wir könnten's so fein haben«, murmelte er.

Gjarta antwortete nicht, sondern ging an ihre Wäsche. Er schlenderte wieder hinaus und nach der Südseite, wo er sich daranmachte, die Kartoffelgrube zuzuschippen. Die Missstimmung lag über ihm wie ein dumpfer Druck, aber er legte sich keine Rechenschaft darüber ab; auch über ihre Ursache nicht. Das Ganze setzte sich bloß wie ein Refrain in ihm fest, der den Kernpunkt festhielt: Seine Natur verlangte nach ihr! Damit war eigentlich alles gesagt; denn was geschehen musste, das würde geschehen. Deswegen hatte er auch gar nicht das Bedürfnis, Ole etwas Böses zu wünschen. Es war schneedicke Luft; bleischwer und fast zum Greifen dicht hing sie um jeden Gegenstand. Über allem, was das Festland trug, lag ein stilles, sicheres Beharren, und seewärts ruhten Luft und Wasser fest ineinander.

Einen Büchsenschuss weiter unten erstreckte sich das weiße Ufer, wo Saatkrähen und blaue Dohlen zänkisch schreiend über etwas kreisten – vielleicht der aufgedunsenen Leiche eines Ertrunkenen.

Es durchschauerte Peter ein wenig, während er hinunterging, um nachzusehen, was es sei. Es war ein Schwein mit einer klaffenden Wunde in der Seite, das vermutlich über Bord irgendeiner Schute gespült worden war. Ihm wurde leichter ums Herz; mehr als einmal waren hier Leichen gefunden worden, hässlich verzerrte Leichen, die aussahen, als könnten sie nie mehr in ihren Gräbern Ruhe finden. Die Raubvögel flogen nun längs des weißen Küstensaumes dahin, mit schweren Schlägen in der schweren Luft, und das Meer lag da, rollte bedächtig über den Sand herauf und glitt wieder zurück wie ein großes Tier, das sich im Halbschlaf leckt. Dies alles zusammen wirkte beruhigend wie das Streicheln einer Hand, die stärker ist als man selbst. Seine Natur verlangte nach ihr, und was geschehen musste, das würde geschehen.

Er warf das Schwein über den Nacken und wandte sich heimwärts – man konnte es zu Wagenschmiere und grüner Seife verarbeiten.

Die Äcker waren nichts als lockerer Sand, aber Ole verstand sich darauf, etwas aus ihnen herauszuziehen, wenn es auch nichts weiter war als Kartoffeln. Von solch einem Kartoffelanbau in großen Massen war wohl kein Aufhebens zu machen; die Leute schauten einen an, als habe man seine Mutter im Armenhaus. Ole aber scherte sich den Teufel um das Ansehen und steckte die Taler in die Tasche. Neunzig Tonnen Kartoffeln hatte er dieses Jahr von jeder Tonne Feld geerntet – den Anteil der Leserinnen nicht gerechnet, die jeden siebenten Korb bekamen. Es war ein recht nettes kleines Anwesen, schuldenfrei, und Ole war alt. Das heißt, er konnte ja noch lange Jahre leben, und Gjarta war ein Weib, das wusste, was es wollte. Bis hierher und nicht weiter! Wäre sie ein leichtes Frauenzimmer gewesen, dann hätten sie sich nichts anmerken lassen, bis Ole einmal abschob. Aber Gjarta war eben eine ordentliche Person!

Peter warf das tote Schwein auf den Tennenboden und rief Gjarta, sie solle kommen und es sich ansehen.

Dann setzte er sich ins Waschhaus, den Rücken an den heißen eingemauerten Kessel gelehnt, und schaute zu, wie sie arbeitete. Seine Natur verlangte nach ihr!

Es saß ihm so etwas wie ein Teufelsspuk in den Händen und drängte ihn, sie zu packen, dass sie schrie, aber sein Zwerchfell zitterte wie bei einem nassen Hund, und immer schwerer wurde es ihm ums Herz. Strophen aus todtraurigen Liedern glitten ihm durch den Sinn und brachten sein Gemüt zum Steigen, höher und höher stieg es in ihm wie in einem Brunnen, der sich füllt. Da öffnete er ein wenig den Mund,

und heraus quoll schleppend einförmig eine jener Weisen von unglücklicher Liebe:

> *»Mein süßes Mädel, du hast betrogen mich,*
> *Obwohl so inniglich ich liebte dich.*
> *Weit weg zu fahren, rietest kalt du mir,*
> *Damit ich fände nie zurück zu dir.«*

Als das Lied zu Ende war, sah er an Gjartas Rücken, dass sie weinte. Er hätte am liebsten mit eingestimmt, wär's nicht eine Schande gewesen – er war ja schließlich ein Mann.

Der Dampf trieb unter der Decke dahin und tropfte herunter; in der Esche draußen saß eine Krähe und verkündete Unheil. Eine neue Weise kam Peter in den Kopf, noch herzerweichender in ihrer Klage als die vorige, weil hier der Unglückliche selbst die Waffe in seinem Herzen umdrehte und so die Wunde vergrößerte.

> *»Glaub nur nicht, dass ich Trauer tragen*
> *Will um dein ungetreues Herz!*
> *Und wenn dir auch die Leute sagen,*
> *Ich trüge Leid um dich und Schmerz:*
> *'s ist Lüge, bloß und bar.*
> *Glaub nicht ein Wort: fürwahr,*
> *Ich traure um den Schnee vom vor'gen Jahr!«*

Gjarta kam heran, um Wäsche aus dem Kessel zu holen. Sie lehnte sich an ihn, während sie die Wäsche in den Eimer hob, es war eine richtige Liebkosung, so verstohlen sie es auch tat, und Peter knickte zusammen. Er ergriff sie am Rockbund und lehnte den Kopf an ihren Schoß.

»Na, na, Peter, sei nun ruhig«, meinte sie sanft und tätschelte ihm den Rücken. »Du zitterst ja wie ein neugeborenes Kalb. Unsere Zeit kommt auch noch, wirst schon sehen.«

Er richtete sich auf und sah sie an. »Wann soll es denn sein?«, fragte er kurzatmig.

Nie zuvor, weder gemeinsam noch jeder für sich, hatten sie die Sache in Erwägung gezogen, aber Gjarta wusste, was er meinte.

»Wenn gewisse Leute von der Stadt heimkommen, haben sie immer ein bisschen viel im Kopf«, sagte sie bedeutungsvoll.

»Was also dann?«, fragte er, denn er konnte ihrem Gedankengang nicht folgen.

»Wir können ja darüber reden, komm jetzt herein und iss dein Vesperbrot.« Sie ging voran.

Auf dem Tisch stand ein Teller mit belegten Broten, und Peter setzte sich zum Essen, während sie sich zu schaffen machte, Salz und Branntwein auf den Tisch stellte und dergleichen. Es begann zu dämmern. Auf dem Flaschenhals saß statt des Pfropfens ein umgestülptes zerbrochenes Schnapsglas; es war ganz verkleistert von Speiseresten aus verschiedenen Mündern. Peter goss es randvoll und führte es zum Mund.

»Deine Hand zittert nicht«, sagte Gjarta bewundernd.

»Nein, das überlassen wir dem Alter!«, erwiderte Peter rasch und leerte das Glas. »Ah – ein Kuss tut einem doch wohl.«

»Du mit deinen Küssen«, entgegnete Gjarta grinsend. »Nimm dir noch einen Schnaps, bitte!«

»Wann soll's also sein, meinst du?«, fragte er kauend.

»Ich hab heut Nacht das Käuzchen draußen in der großen Esche dreimal schreien hören, es war wie ein Vorzeichen. Wer weiß, ob wir nicht eine Leiche hier ins Haus kriegen.« Sie seufzte schwer.

Der Schnaps hatte Peter in heitere Stimmung versetzt.

»Es ist wohl besser, ich esse nicht zu viel Käse«, bemerkte er und blinzelte ihr schelmisch zu.

»Ach du!« Sie drohte ihm mit ihrem hölzernen Teller und schenkte ihm noch einen Schnaps ein.

»Also«, sagte der Knecht, sich streckend, »also komm ich um Mitternacht hier herein – mit der Axt wohl?« Der Schnaps hatte alle Tore in ihm sperrangelweit aufgestoßen, und er sah sie dreist an.

»Hier, in die Stube?« Gjarta begann fast zu zittern. »Bei seinem eigenen Tisch und Bett? Nimm dich in Acht, Peter, mit dem, was du tust, und auch mit dem, was du sagst. Man kann leicht zu geschwätzig werden.«

»Ach, was weiß ich«, entgegnete er und sank verzweifelt wieder zusammen. »Ich glaube, ich gehe an den Strand und ertränke mich.«

»Wir können ja darüber reden, mein ich doch«, erklärte sie

beruhigend, während sie Licht anzündete. »Aber hüte deinen Mund, Peter, es könnte zum Schwören kommen. Sprich mit dem Kachelofen da, dann haben wir zwei nicht gemeinsame Pläne geschmiedet!«

Der Knecht blickte zum Ofen hin und warf ihr dann einen bewundernden Blick zu. Aber sein Verstand stand still.

»Wir könnten es ganz heimlich so gut zusammen haben, bis Ole einmal mit der Nase in der Luft daliegt; es kann ja gar nicht mehr so lange dauern«, sagte er endlich. Es kam langsam heraus wie etwas, was zwar gesagt werden *muss*, mit dem es aber sonst nicht viel auf sich hat.

»So, das glaubst du! Ja, wenn du nur *deinen* Weg rein halten kannst, dann bist du's zufrieden – du hast auch kein Gelöbnis getan. Ich aber bin eine verheiratete Frau, und mir soll keiner nachsagen können, ich hätt Ole mit einem anderen Mannsbild das Laken wechseln lassen. Dass du's weißt!«

»So zieh mit mir von dannen – über die Wogen, die blauen«, schlug er großartig vor, in Erinnerung an irgendein Lied.

»Ja, auf und davon mit einem fremden Mann, und der eigene sitzt daheim und kann für sich selber sorgen! Das machen ja wohl die Komödiantenspieler so, hab ich gehört. Aber Gjarta ist nicht die Frau, die Ehebruch treibt. Zu dem Zweck wirst du dich besser nach einer anderen umschauen müssen.« Sie war jetzt zornig geworden.

»Ich kann ohne dich nicht leben«, erwiderte Peter kleinlaut.

»Ja, das sagte die Katz auch zur Maus.« Sie stand auf und

ging zum Fenster. »Mir scheint, wir kriegen böses Wetter zur Nacht. Die See hört sich so garstig an, und stockfinster ist es auch schon.«

»Aber ich bin ihm ja gar nicht böse, wie soll ich also dazu kommen?«, fragte Peter.

»Sieh zu, dass du mit gewissen Leuten heut Abend übers Kreuz kommst – das lockert die Hand.«

»Aber wie bring ich ihn nur auf den Hof hinaus?«

»Du reitest uns ins Unglück, Peter, mit deinem Geschwätz!«, sagte Gjarta eindringlich. Sie schwiegen eine Weile, dann wandte sie sich um und fing an, den Ofen anzureden: »Wenn die Gäule in der Stadt waren, sind sie, wie jeder weiß, nachts immer unruhig. Da muss der Bauer aufstehen und nach ihnen sehen – und dann! Ja, was weiß ich davon? Ein Gaul kann ausschlagen und ihn am Kopf treffen – es geschieht ja so viel!« Sie seufzte tief.

Peter nickte bedächtig, während er aufstand und die Laterne anzündete; dann ging er hinaus in die Werkstatt und setzte sich hin, um Holzschuhe zu schnitzen. Oles Tage waren gezählt, das wusste er nun. Aber es war eine Tatsache, die von seiner Seite nicht die geringste Färbung erhielt. Der Beschluss, dass Ole sterben müsse, stand so fern und doch unabwendbar vor ihm, als sei er aus Gottes höchstem Ratschluss hervorgegangen; er selbst war daran nur ein klein wenig beteiligt, war bloß einer, der unversehens hinter den Schleier der Zukunft geguckt hat und nichts abzuwenden vermag.

Er war voll Bewunderung für Gjarta; sie war klüger als

Priester und Behörde zusammen. Ob nun all diese Klugheit vom Guten stammte oder ob sie sich etwa dem Bösen verschrieben hatte, wusste er nicht so recht. Aber das konnte ja auch nichts helfen: Seine Natur verlangte nach ihr!

Wie freilich jemand ohne Zorn nach einem anderen schlagen könne, ohne etwas gegen ihn zu haben, das begriff er nicht; er wusste nur, dass *er* es nicht konnte. Und dass einer gegen Ole, den guten alten Tropf, Groll hegen könne, begriff er noch weniger.

Gegen Abend kam Ole Due heim. Es war Schneesturm, und er sah bös zugerichtet aus; aber seine Stimmung war gut. Draußen im Flur klopfte Gjarta ihm die ärgste Eisdecke ab, dann kam er herein zum Ofen und stand da und stampfte und ließ die Zunge laufen, während sie ihm aus dem Oberzeug half. »Puh, ha, ja! Schönes Wetter das, um sein Weib durchzuprügeln!« Und er nahm sie vergnügt um die Mitte und schüttelte sie, während sie ihm den Kragen abband. Gjarta lachte und klapste ihn, damit er still stehe; er war doch ein rechtes Kind!

»Und jetzt, Herrgott noch mal, haben sie überall auf den Straßen da drinnen Petroleumlaternen, die bis elf Uhr abends brennen – sie sehen sonst wohl nichts beim Schlafen«, erzählte er spitz. »Da müssen wir bei Gott auch schleunigst zwischen den Kartoffelreihen Laternen anbringen – sonst sehen sie am Ende nichts beim Wachsen. – Jaja, sie können es sich ja leisten. Woher sie nur das Geld haben? Es muss zwischen den Pflastersteinen wohl doch was wachsen – ein anderer bemerkt es halt nur nicht!«

Der Knecht hatte ausgespannt und kam mit den Sachen vom Wagen herein. Gjarta warf sich eifrig über die Packen – es waren Weihnachtseinkäufe.

»Was hast du als Draufgabe bekommen?«, fragte sie.

»Den neuen Almanach und eine Flasche süßen Wein«, erwiderte Ole stöhnend. Er war dabei, die Stiefel auszuziehen. »Peter, hilf mir ein bisschen!«

Peter kniete vor ihn hin und packte den Stiefel, und Ole stützte sich auf seinen weichen Rücken, während er den Fuß an sich zog.

»Du hast hier bei uns tüchtig zugenommen«, bemerkte er.

»Ich hab ja auch nichts zu essen bekommen, bevor ich hierherkam«, entgegnete Peter mit einem Versuch, sich mausig zu machen.

»Das habe ich nun nicht gemeint«, antwortete Ole besänftigend. »Zu essen haben sie wohl anderwärts auch, vielleicht reichlicher als hier, aber Essen und Essen sind zweierlei. Gjarta ist eine gute Hausmutter, und die fehlt heutzutage auf den meisten Höfen.«

Dann begann Ole in den Taschen zu kramen und sah höchst geheimnisvoll drein. Und nun kamen die kleinen Geschenke hervor! Außer glänzend rotem Kaufmannsgarn zu einem Sonntagsunterrock für Gjarta gab es Riechwasser für ihr Riechfläschchen und eine feine Rolle Kautabak für Peter. Sie freuten sich sehr über die Geschenke. Gjarta küsste Ole, und Peter gab ihm zum Dank die Hand. Ole sah sich mit einem glücklichen Ausdruck um; er konnte so seelenvergnügt dreinsehen, wenn er andern eine Freude bereitet hatte.

»Hast du was, das man sich ins Gesicht stecken kann?«, fragte er mit der Miene eines Mannes, der von sich selber weiß, dass er unbedingt auf der Höhe ist. Er hatte den Witz soeben in der Stadt gehört.

»Sagt man jetzt so?«, fragte Gjarta und umfasste ihn mit einem vollen Blick; er hatte heute etwas Flottes, Jugendliches an sich, das ihr gefiel. »Ja, auf was die da drinnen in der Stadt nicht alles kommen!« Sie ging in die Küche.

»Jetzt haben sie bei Gott schon angefangen, Flöhe zu dressieren«, erzählte Ole. »Gerade zuvor war ein Flohzirkus dagewesen. Jaja, so ist's!«

»Das ist doch wohl eine Lüge?«, fragte Peter und glotzte ihn groß an. Er sah aus, als fasse er sich heimlich an die Ohren.

»Lüge! Der Kaufmann ist selber dabei gewesen, erzählte er mir. Da waren Flöhe, die vor ein kleines Wägelchen gespannt waren, und ein anderer Floh war der Kutscher. Einen nahmen sie und setzten ihn in die Taschenuhr, da kroch er auf den Sekundenzeiger und fing hübsch an, darauf Karussell zu fahren. Es ist einfach nicht zu glauben, worauf die Menschen alles kommen.«

Der Knecht lachte, dass er fast von der Bank fiel, und Ole brüstete sich mit jeder Bewegung. »Es fehlt nicht viel, und sie werden auf einem dressierten Floh zum Mond reiten«, schloss er höhnisch. Er konnte die Städter nicht ausstehen. Peter wand sich vor Lachen.

»Bei euch geht's lustig zu!«, meinte Gjarta, die mit einer brutzelnden Bratpfanne aus der Küche kam. Sie legte drei

Holzklötzchen für die Füße der Pfanne zurecht und stellte diese mitten auf den Tisch. Es war ein Gericht von Bratkartoffeln mit Speckwürfeln; die Männer zogen den Duft tief durch die Nase ein.

»Ja, ich war gerade dabei, Peter zu erzählen …«, und Ole gab wieder die ganze Geschichte zum Besten, mit Witzen untermischt.

Gjarta nahm die Sache ernster. »Wie sie ihnen nur die Manieren beibringen können«, sagte sie nachdenklich, »oder wie sie sie auch nur wieder erwischen, wenn sie einmal durchgebrannt sind. Ein anderer hat Mühe, auch nur einen einzigen zu fangen. Und sollte man nicht meinen, sie müssten so einem Tierchen die Beine brechen, klein wie es ja doch ist gegen eine Hand.«

»Dann machen sie ihm aber wohl ein Holzbein.« Peter versuchte vorsichtig, einen Witz zu machen. Er pflegte es sonst nicht zu tun und schielte deshalb unsicher zu Ole hinüber.

»Ja, wahrhaftigen Gottes, dann machen sie ihm eins«, rief Ole aus. »Dann machen sie ihm, meiner Seel, ein Holzbein, haha!« Er schlug auf den Tisch, warf den Kopf herum und lachte.

Sie aßen die duftende Speise mit Löffeln; diesen Brauch hatte der Knecht vom Nordende der Insel, woher er stammte, mitgebracht. Lange aßen sie schweigend; nur von Zeit zu Zeit kamen von den Männern kleine Gluckser – verspäteter Rest des Lachens.

»Ja, ja, Mutter«, begann Ole endlich wieder, »jetzt kannst du also Abnehmer kriegen: Morgen wollen wir gleich mit einer ganzen Fuhre zur Stadt. Die Deinigen sind gut zur Zucht, das weiß ich.« Es kam wie ein später Nachhall und sollte auch nicht als mehr aufgefasst werden.

Aber Gjarta wurde tiefernst. »Sie haben Gott sei Dank bisher nichts dagegen gehabt, bei mir anzubeißen«, sagte sie. »Man hat doch noch seine Gesundheit – unberufen!« Und sie klopfte dreimal feierlich unter den Tisch.

Ole stand während der Mahlzeit auf und suchte mit zitternden Händen im Wandschrank herum. Nachdenklich ging die Zungenspitze zwischen den welken Lippen hin und her. Mehrmals hatte er die Branntweinflasche in der Hand und ließ sie wieder los, dann aber stellte er sie mit einer energischen Bewegung auf den Tisch.

»Man muss etwas zum Widerstehen haben bei einem solchen Wetter«, erklärte er und schenkte Peter einen Schnaps ein.

»Ja, unser Herrgott sei mit den Armen, die heute Nacht auf dem Meere sind«, meinte Gjarta. »So ein fürchterliches Wetter!«

Sie legte das Gesicht an die Scheibe und versuchte hinauszusehen, aber der Schnee peitschte in Massen gegen das Fenster und fror an. Hie und da lockerte sich ein Klumpen durch die Zimmerwärme und rutschte lärmend herab.

»Da werden heute Nacht wohl verschiedene Leute unten herum heimkehren müssen«, ergänzte Ole und schüttelte sich. »Die müssen viel Böses ausstehen, die um diese Jahreszeit das Meer pflügen.«

Das Unwetter tobte in Stößen um die Giebel, peitschte los,

fiel hier zusammen und erhob sich dort wieder. Es knackte im Fachwerk, rüttelte am Dach, donnerte an den Türen – es waren hundert Laute, die einander ablösten. Und unter dem Ganzen ging unaufhörlich die Brandung, in einem ruhelosen Donnern, das den Boden zittern machte und in den Ohren hängen blieb – als der Urquell aller Dinge.

Ein kurzes, jähes Dröhnen machte die Scheiben singen.

Gjarta zog sich erschrocken in die Stube zurück. »Was war das?«, fragte sie, vom einen zum andern blickend.

»Das war ein Notsignal«, erklärte Ole. »Da ist irgendwo eine Schute auf Grund gestoßen, wahrscheinlich auf Due Odde. Die brauchen kein Brot mehr, die armen Teufel! – Na, aber jetzt ist es wohl Zeit, ins Nest zu kriechen.«

Er begann sich am Kachelofen auszukleiden, während Gjarta das Haus für die Nacht in Ordnung brachte.

Der Knecht bot gute Nacht und ging hinaus.

»Du gibst doch den Gäulen noch einmal, Peter!«, rief ihm Ole nach.

Peter ging in die Werkstatt und nahm die Axt, tauschte sie aber sogleich gegen einen kleinen Hammer aus – er konnte die scharfe Schneide nicht leiden. Dann ging er hinüber zum Stall, fütterte die Pferde und legte sich ins Häcksel schlafen. Er war ganz sicher, dass er es niemals über sich bringen könnte, Ole ein Leid anzutun, blieb aber dennoch liegen und schlief sofort ein.

Ole lag im Alkoven und schlug spielerisch an die Bettkante; als Gjarta hereinkam, plauderte er mit ihr: »Ah, wie gut das tut, zu liegen! Das Bett ist doch der beste Ort um diese Tageszeit, vornehmlich für die, die was Gutes zu erwarten haben ... Möcht nur wissen, was sie auf der anderen Seite der Erde tun, wo sie den Kopf nach unten haben.« Er lachte vor sich hin. »Als ich klein war, meinte ich wahrhaftig, sie bänden sich am Bett fest. – Was ich sagen wollte, Kaas von Klemmensker habe ich drin in der Stadt getroffen; er meinte, dass Ane Sidsele etwas erwartet. Da müssen wir nächstens hin, könntest ja dann auch das Erbteil zur Sprache bringen, versteckt natürlich! Vielleicht geben sie gutwillig nach! Und Mikkel Jörgen hat sich verlobt; sie soll Geld haben wie Heu, nach dem, was man sagt. – Na, kommst du nicht bald, Mädel?«

»Komme schon, kann aber nicht überall sein«, brummte Gjarta. Aber recht war es ihr doch, dass er Sehnsucht hatte. Er war in gehobener Stimmung, fuhr fort zu schwatzen, während sie sich auszog, sprang sorglos von Gegenstand zu Gegenstand und liebkoste sie mit seinen alten verblassten Augen.

Gjarta ließ ihn schwatzen. Da lag er und war zu Narrenpossen aufgelegt, der alte Kindskopf – und hielt kaum noch zusammen; und morgen war er ganz schlapp und musste bis zum Mittag liegenbleiben. Aber es war nicht Gjartas Sache, sich kostbar zu machen. Er war ihr rechter Ehemann vor Gott und der Obrigkeit. Und heute Abend tat er ihr noch dazu leid, er sah so hilflos aus! So löschte sie das Talglicht und schob ihren schweren Körper zu ihm ins Bett.

Als die Uhr mit einem kurzen Räuspern zum Zwölferschlag ausholte, fuhr Gjarta im Bett empor. Einen Augenblick wusste sie nichts von sich, dann aber begann sie, ihren Mann zu rütteln. »Ole, Ole, steh doch auf! Die Gäule machen einen schrecklichen Lärm, sie müssen sich losgerissen haben.«

Ole wandte sich brummend um und schlief weiter; er war todmüde.

»So hör doch, Ole, was ich dir sage! Das geht ja nicht, sie können sich leicht etwas antun!«

Ole setzte sich auf. »Was hast du denn?«, fragte er brummig, denn ihn fror.

»Die Gäule sind los, sag ich dir ja. Sie machen einen unheimlichen Lärm.«

»Ich höre nichts«, entgegnete Ole, »du wirst geträumt haben.«

»Na, auch recht! Ist ja deine Sache!« Sie legte sich wieder hin.

Ole saß eine Weile und schmatzte im Finstern vor sich hin. Er hatte einen sauren, ranzigen Geschmack im Mund, und in seinem Hinterkopf schnurrte es von dem plötzlichen Gewecktwerden. Dann stieg er über Gjarta hinweg, schlüpfte in ein paar Kleidungsstücke und zündete die Laterne an. Das Unwetter hatte sich gelegt. Zwischen Wohnhaus und Wirtschaftsgebäude lag der Schnee in großen Wehen; Ole hatte Mühe durchzukommen. Er ließ den Lichtschein über die Pferde fallen, es war alles in Ordnung. Der eine Gaul lag, der andere, der zu alt war, um sich zu legen, schlief im Stehen.

»Unsinn!«, murmelte er und wollte gerade wieder gehen, als Peter aus dem Futtergang heraustrat, einen Hammer in der Hand.

Ole wurde grau im Gesicht. »Was, Peter, was?«, stammelte er und trat unsicher von einem Fuß auf den anderen.

»Ja, jetzt hat deine Stunde wohl geschlagen, Ole«, sagte Peter und hob den Hammer.

Ole raffte sich in einem Nu zusammen und hängte blitzschnell die Laterne fort. »Wirf den Hammer weg«, rief er gebieterisch, »oder ich bringe dich ins Zuchthaus! Du Hund!« Er sah Peter fest in die Augen. Drüben im Winkel hatte er eine Mistgabel entdeckt und bewegte sich seitwärts auf sie zu, während er die Augen des Knechtes festzuhalten suchte. »Wirf den Hammer weg!«, rief er wieder.

Aber Peter schüttelte sanft den Kopf und tat einen Schritt vorwärts. Er schlug leicht zu und traf Ole an die Schläfe; und Ole setzte sich mit einem verwunderten Ausdruck hinter den Gäulen platt auf den Boden. Da saß er und schlug mit den flachen Händen in den Mist, wiegte den Oberkörper, führte sich wunderlich auf wie einer, der etwas zu besänftigen hat, und fiel dann auf die Seite.

Peter warf den Hammer fort und beugte sich über ihn. »Ole!«, rief er und rüttelte ihn. »Ole, bist du krank? Antworte mir doch, Ole!« Es klang wie eine Klage. Dann schob er ihn zärtlich zur Wand hinüber und legte ihm etwas unter den Kopf. »Ich hab ja gar nicht zugeschlagen«, sagte er, während er sich mit ihm zu schaffen machte. »Herrgott, war das denn – ich hab doch gar nicht zugeschlagen!« Er ließ den

Laternenschein nochmals über den Toten gleiten und ging dann hinein.

Gjarta saß aufrecht im Bett. »Ist's ihm leicht geworden?«, fragte sie.

Peter nickte und stellte die Laterne weg. Er zog sich aus und legte die Kleider auf den Korbsessel am Kachelofen, wo Ole die seinigen hinzulegen pflegte. Dann schlug Gjarta das Oberbett beiseite, und er kroch zu ihr hinein. Sie war keine verheiratete Frau mehr und hatte also ihr freies Recht, in Liebessachen zu tun, was sie wollte.

Gjarta kam sieben Jahre ins Gefängnis, der Knecht fünfzehn.

Während Gjarta fort war, übernahm es einer ihrer Verwandten, das Anwesen zu führen. Aber sobald sie zurückkam, schickte sie ihn fort und nahm einen älteren Häusler in Dienst. Er verrichtete die Knechtearbeit, sie selbst aber hatte die Leitung.

Vieles hatte sich im Dorf verändert, während sie fort gewesen war. Draußen auf Due Odde hatten sie aus Feldsteinen einen großen Leuchtturm gebaut, der auch in der schwärzesten Nacht viele Meilen weit sichtbar war. Da stand er wie ein Finger Gottes und warnte die Schiffe, und nun gab's am Strand auch nicht ein Stück Schiffsholz mehr. Viel Übles war geschehen: Dort hatte ein Bauer sich zu Tode getrunken, ein anderer war um seinen Hof gekommen; einige waren gestorben, und neue waren da; und der Besitzer des Nachbarhofes war Witwer geworden und hatte sich wieder beweibt. Und alle, die noch da waren, schienen ihr so viel älter geworden zu sein! Die Erde selbst hatte nicht einmal ihr Aussehen von früher bewahrt! Gjarta konnte sich nicht klarmachen, worin die Veränderung bestand, aber die Landschaft machte einen fremden Eindruck auf sie. Die ist eben auch älter geworden, dachte sie bei sich selbst.

Ja, im Dorf war vieles anders!

Und auch ihr eigenes Anwesen hatte in der verstrichenen Zeit recht merklich gelitten; es war leicht zu sehen, dass Ole fehlte. Wenn Gjarta jetzt mit dem alten Knecht nicht darüber einig werden konnte, wie etwas am besten zu machen sei, schnitt sie die Auseinandersetzung ab mit einem: »So und so soll es sein, denn so hat's Ole immer gemacht.«

Sie dachte oft an Ole, aber sie tat es ohne Groll und Verdrießlichkeit, so wie man an einen teuren Toten denkt. Und sie sprach oft von ihm, ruhig wie jemand, der zwischen sich und seinen Verlust Jahre gelegt hat.

Die Leute der Umgebung behielten sie neugierig im Auge – sie musste doch so und so sein! Einige hatten sich vorgestellt, sie würde mit einem Brandmal auf der Stirn aus dem Gefängnis heimkehren, andere dachten sich die Veränderung unklarer – etwa, dass sie eine grobe Sprache bekommen hätte und Tabak kaute, vielleicht gar Hiebe austeilte und stahl. Der eine wurde nicht mehr und nicht weniger enttäuscht als der andere, denn es war ihr keine Veränderung anzumerken.

Man guckte sie einige Zeit an, dann begannen die armen Weiber des Sprengels auch zu ihrem Hof um ein Töpfchen Milch zu kommen. Sie hielten es wohl halbwegs für eine Ehre, die sie ihr erwiesen, und rechneten auf etwas reichlichere Gaben. Aber Gjarta gab ihnen, was sie ehedem gegeben hatte, nicht ein Tröpfchen mehr, und behandelte sie als das, was sie waren. Am Sonnabend kam die eine oder andere von ihnen und bettelte um den Kaffeesatz der Woche – ganz wie zuvor.

Gjarta war dieselbe!

Mit den Leuten der Gegend hatte sie niemals viel verkehrt; sie machte auch jetzt keinen Versuch in der Richtung, so dass diese Frage sich von selbst löste. Aber jeden zweiten Sonntag – zum Nachmittagsgottesdienst – ging sie in die Kirche und machte während der Predigt ihr Schläfchen, im selben Stuhl und zu demselben Text wie in alten Tagen.

Sie war in jeder Hinsicht dieselbe!

Der alte Häusler, der auf dem Hof arbeitete, machte sich auch seine eigenen Gedanken über allerlei, und eines Tages wurde er zudringlich. Aber Gjarta ließ ihn auf der Stelle seine Kiste packen. Zwei andere waren da, die freiten um sie und meinten es aufrichtig; der eine war ein hergelaufener Geselle, an dem nichts war, aber der andere konnte ganz gut passieren, wiewohl er nichts hatte. Sie sagte zu dem einen wie zu dem andern nein, es war nicht aus ihr klug zu werden.

Es verstrichen sieben lange und breite Jahre, und Gjarta war im Bewusstsein der Leute längst zur Ruhe gekommen. Im achten Jahr begann sie um einen Heiratsschein zu den Behörden zu laufen, und eines Tages spannte sie an und fuhr zur Stadt. Sie kutschierte selbst, und es hieß, sie fahre hinein, um Peter zu holen. Es waren auch richtig zwei im Wagen, als der zurückkehrte.

So war nun Peter Bauer auf dem Sandhof. Er hatte Fleisch

und Jugend im Gefängnis zugesetzt, war lang und sehnig geworden. Er ging etwas gebückt, und die Nackenmuskeln waren dicker als natürlich. Aber tüchtiger in allem war er geworden da drüben – ja sogar ganz schriftgelehrt. Und Böses war so wenig in ihm wie zuvor.

Er und Gjarta achteten auf das Ihrige, gingen miteinander in die Kirche und waren immer sanft und freundlich gegeneinander. Die lange Zwischenzeit hatte an ihrem Verhältnis und ihren gegenseitigen Gefühlen nichts geändert. Und die Tat legte keinen Schatten zwischen sie. Die war gekommen, wie sie kommen musste, und die beiden genossen nun ihre Früchte. Sie schien nicht mehr Spuren hinterlassen zu haben als das jährliche Weihnachtsschlachten.

Sie sprachen miteinander von Ole als von einem, der traurig ums Leben gekommen war, verweilten bloß nicht bei dem Wie. Und sie halfen einander sein Grab pflegen, bis die Ruhezeit erlosch.

Jetzt sind sie alt, ein altes, glückliches Ehepaar, das umeinander herumtrippelt und von dem keiner den anderen lange entbehren kann. Wer als Fremder in die Gegend kommt, wird aus ihren milden, runzligen Gesichtern nichts herauslesen können.

Und die Bewohner der Gegend werden ihm nichts erzählen. Fremden gegenüber war das Dorf all die Zeit her eine Mauer von Schweigen darüber, worauf die beiden ihr Glück gebaut hatten. Nur Leute, die die Kultur gepackt hat, schwatzen mit Gruseln von der Geschichte und fühlen nach ihren Nerven.

Das Schicksal selbst kennt keine Nerven. Es geht über einen Menschen hinweg wie ein Eisenbahnzug, und man spürt nur ein weiches Wiegen.

Bigum Holzbein

Eigentlich war es eine Anmaßung von ihm, mit einem Holzbein herumzulaufen, da er doch niemals im Krieg gewesen war. Aber allmählich gewöhnten sich die Leute daran und nahmen es ihm nicht länger übel; sie gaben ihm sogar seinen Namen danach. Bigum Holzbein nannten sie ihn; er selber aber nannte sich Folmer Sänger.

Bei der Musterung fragte ihn der barsche Musterungsoffizier, ob er mit dem Bein geboren sei. Bigum lächelte – er wusste einen guten Witz zu schätzen. Der Beamte aber war sich nicht bewusst, etwas Spaßhaftes gesagt zu haben, und fragte bissig: »Zum Teufel, warum lacht er dann? Kann er nicht antworten?« Da ging es Bigum auf, dass man über den Ursprung des Holzbeins Bescheid zu haben wünschte, und er erzählte also, dass er auf einer Walfangreise den kalten Brand in den Fuß bekommen habe, so dass er abgenommen werden musste.

Er wohnte allein draußen auf den windgepeitschten, unfruchtbaren Sanddünen im Norden der Stadt, in einer kleinen Hütte gerade über dem hohen Küstenhang. Er besaß eine Büchse und ein altes Boot, und in frostklaren Frühlingsnächten, wenn das Meer regungslos blank dalag, ließ er sein Boot draußen zwischen den großen Felsen des seichten Wassers treiben. Er selbst lag im Vordersteven, die Büchse im Anschlag, und ahmte den langgezogenen Schrei der Seevögel nach, bis er auf Schussweite an sie herankam. Oder er geriet unversehens an einen Seehund, der auf einem der großen Steine schnarchte, und stieß ihm seine Harpune in den Leib.

Und im weißen Winter, wenn das Meereis alles bedeckte, so weit das Auge reichte, und die Wildenten auf der Suche nach offenem Wasser durch die dicke Luft hin und her sausten, dann schlug er ein großes Loch ins Eis und baute sich aus den Eisblöcken ein Häuschen. Dort lag er dann im Hinterhalt und schoss Enten – oft drei, vier auf einen Schuss. Aber im Laufe der Jahre fuhr ihm die Kälte dieses Lebens selber in den Leib; er wurde von der Gicht geplagt und musste zu Hause bleiben. Am schlimmsten saß ihm die Gicht in dem Glied, das er gar nicht mehr hatte, und immer wieder war es den Leuten ein Vergnügen zu sehen, wie er ans äußerste Ende seines Holzbeins fasste, Gesichter schnitt und sich beklagte, er habe so sehr das Reißen im großen Zeh.

Deshalb nahm er die Schuhmacherei wieder auf, die sein Handwerk gewesen war, ehe er zur See fuhr. Diese Tätigkeit aber hatte er stets gehasst, und er rührte die Hand nicht mehr, als zum knappsten Lebensunterhalt eben nötig war.

Die meiste Zeit dichtete, musizierte und philosophierte er.

Als Dichter lag seine Stärke im Sentimental-Gefühlvollen. Er dichtete von ungetreuer Liebe, von den Schrecken des Türkenkrieges und vom Untergang der Bark »Albatros«. In seiner Musik hingegen war er ein Fürsprecher der Lebensfreude – er spielte gern zum Tanz auf.

Auf diesen beiden Gebieten hatte er bedeutende Vorgänger gehabt, nicht jedoch in seiner Art zu philosophieren. Hier war er absolut original. Er hatte ein ganzes philosophisches System entwickelt, aufgebaut auf der Beobachtung der Fußbekleidung des Menschen, und er konnte augenblicklich sagen, ob einer verschlossen war oder weitschweifig, verschwenderisch oder knickerig: all das durch die Betrachtung der Schuhe des Betreffenden.

Mit solcher Beschäftigung vertrieb er sich den langen Winter, und wenn sein Magen vor Hunger knurrte, hielt er ihm eine längere Predigt und versuchte ihn scherzend zu überzeugen, wie unvernünftig es von ihm wäre, ständig randvoll sein zu wollen. »Was, knurrst du schon wieder? Du solltest dir ein bisschen mehr Genügsamkeit angewöhnen, ja, das solltest du – vor allem Genügsamkeit! Weißt du nicht, dass der Mensch nicht vom Fleisch allein lebt? Brot ist auch gut, mein Alter – und ein halber Pfahl dazu! Steht vielleicht nicht geschrieben, dass wir alle einen Pfahl im Fleische haben müssten?« Und nicht gar so selten schlug er sich einen Pahl ins Fleisch.

Als echtes Original nahm er nicht die geringste Rücksicht darauf, ob Besuch da war oder nicht, sondern folgte unbeirrt seinen Gewohnheiten, sprach mit sich selbst oder seinem Magen, rülpste oder tat Ähnliches – und zog sich manchmal aus und ging ins Bett, ehe die Leute noch gegangen waren. Wenn aber der erste Star über das Meer geflogen kam und sich vor seinen Fenstern niederließ, wurde er närrisch – ganz und gar närrisch. Es sei, als ob ihm alle Knochen im Leibe eiterten, sagte er, so sehr gäre es ihm im Leibe. Und dann saß er an seinem Fenster, flickte Schuhe und starrte übers Meer hinaus, während der Frühling seinen Einzug hielt. Er sah das Eis brechen und forttreiben; die Schiffe im Hafen takelten auf und stachen eins nach dem anderen in See, der Schnee verschwand vor seinen Augen, und das Gras begann zu sprießen.

Und Frühjahr um Frühjahr geschah dann das Gleiche: Mitten im Nähen warf er die Arbeit in hohem Bogen hin, lief in die Stadt und kaufte sich ein Paar blaue Baumwollhosen – jedes Mal blaue Baumwollhosen. Und wenn er heimkam, schnitt er von dem einen Hosenbein – dem für das Holzbein – ein Stück ab, heftete das abgeschnittene Ende an dem einen Rand zusammen, so dass eine bequeme kleine Gardistenmütze daraus wurde, und setzte sie auf. Selig wie ein Kind zog er die neuen Baumwollhosen an, die alten aber nahm er und nähte sie oben am Bund zusammen, so dass sie einen Beutel mit zwei Niedergängen – den Beinen – bildeten. Und dahinein packte er seine Lieder, Violinsaiten, eine Schnapsflasche und was er sonst benötigen mochte. Dann nahm er seinen Ranzen bei den Beinen und warf ihn sich über den Rücken, band die Hosenbeine vorn am Hals in einem Knoten zusammen und wanderte hinaus in den Frühling. Die Tür ließ er hinter sich weit offenstehen; da konnten die Leute selber kommen und sich ihre halbfertigen oder noch nicht angefangenen Schuhe abholen.

Und nun begann Bigum Holzbein eine Tournee, die bis

zum nächsten Winter dauerte und ihn durch die ganze Insel führte. Die Bauern, die beim Frühjahrspflügen mit dem Lenkseil um den Leib hinter ihren Pferden herstapften, behielten die Landstraße im Auge, und wenn sie Bigum Holzbein daherkommen und die Geige streichen sahen, sagten sie: »Jetzt wird es bald Sommer!« – wie man sonst sagt, wenn man den ersten Storch sieht.

Und Bigum fiedelte sich durch die ganze Insel, die Länge und die Quere, sang seine Lieder vor Knechten und Mägden, verkaufte sie allen, die sie haben wollten, und spielte willig die Melodie, bis man sie auswendig konnte. Sie standen mitten auf dem Hof im Kreis um ihn herum und sangen mit. Manchmal waren sie schwer von Begriff, manchmal aber auch ganz gewitzt. Dann stellte Bigum den Stock unter die Hüfte, um das Holzbein darauf auszuruhen, quälte die Saiten, dass sie schrien wie verhungerte Katzendärme, und sang wohl zum zwanzigsten Mal:

> *»Komm her, o Mägdelein, und*
> *winde den Kranz. Ich weiß, du willst*
> *es so ge-erne, so ge-erne ...«*

Das Bargeld steckte er in die Tasche, und was an Essbarem abfiel, rutschte durch die leeren Hosenbeine hinab in den Ranzen. Und wenn der Holunder in Blüte stand und der Hering eingelegt werden musste, sang man Bigum Holzbeins

Lieder in jedem abgelegenen Winkel. Es war ein Triumphzug der Poesie, der jeden Freund der Dichtkunst erfreuen musste.

Wenn aber der Kuckuck längst zum Habicht geworden war und die Ernte von den Feldern eingefahren wurde, ging Bigum auf seine zweite große Tournee. Es war die Zeit der Ernte- und Tanzfeste, und monatelang war Bigums Violine Nacht um Nacht im Gange. Es war eine Zeit, die an den Kräften zehrte; Bigum nannte sie selber seine Zeit der Drangsal. Aber stolz stand er sie durch. Es war im Laufe der Zeit Sitte geworden, dass auf den Festen jeder Mann Bigum Holzbein einzeln zuzutrinken habe; man wollte feststellen, wieviel er aushielte. Aber es gehörten viele Männer dazu, ehe man Bigum etwas anmerkte, und so betrunken machte man ihn nie, dass er unter den Tisch fiel.

Die erste Wirkung des Alkohols war häufig die, dass er gegen den Namen Bigum Holzbein protestierte und sich laut als Folmer Sänger proklamierte. Danach begann er wie rasend zu spielen, besonders wenn er merkte, dass man ihm Schweiß abzapfen wollte. Dann hörte er auch zwischen den Tänzen nicht auf, sondern ging vom einen Tanz in den anderen über, und so begann ein wilder Wettlauf zwischen Spielmann und Tänzern. Die Männer hieben die Absätze auf den Boden und riefen ihm Herausforderungen zu, wenn sie mit ihren Mädchen an ihm vorüberjagten; und Bigum fiedelte den Takt immer rascher, bis sich der Bogen blitzschnell über dem Bruchteil eines Zolls bewegte und die Musik zu einem zitternden, endlosen Kreischen wurde. Dann wirbelten Staub und lärmende Klänge zu einem so wilden Hexentanz empor, dass es gewöhnlichen Sterblichen das Trommelfell gesprengt hätte und sich die Mädchen schließlich halbtot vor Erschöpfung zu Boden warfen.

Nach einer solchen Tour konnten die Männer das Wasser aus ihren Jacken wringen, dass der Fußboden schwamm. Bigum aber saß da und spielte während der Pause ganz langsam weiter – nicht ein einziges Mal ließ er sich herbei aufzuhören.

Ab und zu kam es vor, dass es eine Schlägerei gab, besonders wenn das Gesinde schwedisch war. Dann füllte sich Bigums Gemüt mit heimlicher Erwartung. Er wusste, dass er zu gar nichts taugte, wenn er *stand* – ein Kind vermochte ihn dann umzuwerfen. Dafür besaß er aber in den Armen große Kräfte, das Fehlen des einen Beins hatte sie stark gemacht. Er konnte mit seinem Mann sehr gut fertig werden, wenn er dabei nur sitzen durfte. Deshalb warf er dann die Geige von sich, kroch nach vorn und setzte sich auf die Kante seines Musikpodiums – eines breiten Tisches. Er schnallte eifrig das Holzbein ab, und mit dem Bein in der Hand wartete er voll gieriger Spannung darauf, dass sich die Schlägerei in seine Saalecke zöge und auch er auf seine Kosten käme.

Doch bald fiel das Laub von den Bäumen, die Herbststürme jagten wieder übers Land und trieben die Schaumspritzer des Meeres bis zu Bigums Hütte hinauf. Bigum selbst begann Gesichter zu schneiden und ans Ende seines Stelzfußes zu greifen. Und eines schönen Tages ging er ins Winterlager.

Und so verlief ein Jahr nach dem anderen, ohne Abwechslung.

Aber einmal schickte ihn der Frühling doch in den April!

Hatte er nicht am Fenster gesessen und ihn heransteigen sehen und ihn als Reißen in allen Gliedern gespürt? Und dann – anstatt sich neue Baumwollene zu kaufen und aus dem einen Bein eine Gardistenmütze zu schneidern und die alten Hosen zu einem Ranzen umzunähen – geht er hin und reicht dem öffentlichen Ausrufer und Trommelschläger der Stadt ein Heiratsangebot ein! Will er seiner Freiheit abschwören, den Sklavenrock anlegen und sich wie andere Sterbliche für den Unterhalt von Weib und Kind abrackern – er, der Dichter? Er muss ja irrsinnig geworden sein!

Der Trommelschläger geht durch die Längsstraße der kleinen Stadt und durch die Querstraße und ruft die Leute an Fenster und Türen: »Bommelomme-lom! Bom! Bom! Heiratsangebot! Eine einsame Seele, die auf einem Holzbein geht, sucht eine treue Lebensgefährtin. Auf das Äußere wird nicht gesehen, wohl aber auf ein gutes Herz. Gute Behandlung zugesichert. – Antwort kann unter den großen Stein auf den Seehügeln gelegt werden.«

Die Stadt reckte den Hals nach dem Trommelschläger und war von dieser neuen Art, sich eine Frau zu suchen, so verwirrt, dass sie nicht einmal auf den Gedanken kam, darüber Witze zu machen.

Und Bigum Holzbein ging nicht auf Tournee.

Jeden Morgen eilte er fieberhaft erregt hinaus und stellte den großen Stein auf den Kopf, um nach Briefen zu sehen, aber immer ergebnislos. Es würde sich niemand melden, man würde schon sehen! Natürlich war es das Holzbein, was abschreckte.

Anfangs hatte er daran gedacht, in der Kundmachung sein Gebrechen gar nicht zu erwähnen, aber dann hatte seine Ehrlichkeit gesiegt. In Liebesaffären muss man honett sein; und war er denn nicht selber der Dichter und Zuchtmeister ungetreuer Liebe? Es würde sich schon zeigen, dass man mit Ehrlichkeit am weitesten kam!

Eines Morgens endlich lag ein Papier unter dem Stein:

Ich bin Witwe mit zwei begrabenen Kindern. Ich habe ein liebevolles Gemüt und etwas zum Besten.
Deine Ane Peters
bei meiner Mutter in der Sackgasse.

Bigum war glücklich, so glücklich, dass er nach Hause lief und seine Büchse steil in die Luft abschoss. Dreimal schoss er, und nach gar nichts in der Welt. Hurra! Jetzt kam der Lohn für seine Ehrlichkeit. Sie nahm ihn! Trotz Holzbein und allem nahm sie ihn! Und dazu war sie schon früher verheiratet gewesen; das war die beste Garantie, dass sie umgänglich war!

Bigum wanderte mit würdigen langen Schritten zur Stadt – einen gut und zwei gestottert. Er wollte zum Schneider und einen neuen Anzug bestellen – den Hochzeitsanzug. Nicht blaue Baumwolle, nein, echter wollener Düffel! Oder vielleicht war Kammgarn noch feiner, er wollte den Schneider fragen. Und zum Pfarrer wollte er hinauf und gleich das Aufgebot bestellen. Erst aber musste er noch hin und sich den

Taufschein des jungen Mädchens holen, da konnte er sie ja gleich ein wenig betrachten.

Als Bigum eintrat, saß Ane Peters groß und breit am Webstuhl und webte Grobleinen. Was für eine Frau, Donnerwetter! Bigum triumphierte in seinem Herzen, aber nach außen hin war er schwer verlegen, und sobald es sich machen ließ, schlich er wieder hinaus. Erst draußen auf der Straße richtete er eine siegesstolze Rede an sich selbst.

Bigum Holzbein war selber in der Kirche, als sie aufgeboten wurden; er wollte sicher sein, dass es ordentlich erledigt wurde. Pfarrer betrogen einen häufig um den vollen Text, wenn sie Gelegenheit dazu hatten, aber nicht ein Wort sollten sie dabei erübrigen! Und zum zweiten Aufgebot wanderte er in die Sackgasse hinaus, um die Liebste mitzunehmen; sie sollte an dem Vergnügen teilhaben.

Die Schwiegermutter traktierte ihn mit Kaffee aus frischgebranntem Roggen, und Bigum trank zwei Tassen mit Branntwein darin. Das schmeckte gut, verteufelt gut sogar, trotzdem schien es ihm, als trete Ane Peters mit dem einen Fuß schwer auf, als sie in ihrem Staat zu ihm hereinkam. Er stutzte gleich ein wenig, vergaß es aber wieder vor Entzücken über ihre prächtige große Gestalt. Sie war wie eine Bark unter vollen Segeln, wie die »Albatros« selbst, ehe sie unterging. Was für ein Weib! Donnerwetter!

Pfeifend hinkte er auf dem guten Bein die Treppe hinab, während Ane Peters hinterherkam. Sie hob nicht den Rock, als sie die Treppe hinunterstieg – sie war ja drauf und dran, darüber zu stolpern! Auf der letzten Stufe war sie allerdings gezwungen, den Rock aufzuheben, weil gerade davor der Rinnstein war. Und da fiel Bigums Blick auf ihren einen Fuß – und es war ein Klumpfuß.

Sprachlos zeigte er mit dem Stock auf den Fuß, und Ane Peters vergaß, den Rock darüber fallen zu lassen, und lächelte verlegen. Bigum aber machte kurz kehrt und trabte heim zu seiner Hütte.

Krach!

Er konnte auf den Tod keine krüppelhaften Menschen vertragen, am allerwenigsten hinkende. Und da musste gerade ihn das Schicksal treffen! Klumpfüßig war sie, rundheraus klumpfüßig! Geprellt hatte sie ihn, betrogen hatte sie ihn und schändlich an der Nase herumgeführt!

Er lehnte an der Giebelwand seiner Hütte und grübelte und starrte vor sich hin, bis er in sich selber einen betrogenen Liebhaber mit gebrochenem Herzen erkannte. Seine Augen belebten sich, er humpelte in seine Hütte und setzte sich zum Dichten nieder. Und mit heimlicher Befriedigung fühlte er, dass er niemals so groß und schön von ungetreuer Liebe gedichtet hatte wie gerade jetzt. Aber nun war sie ja auch Wirklichkeit geworden.

Die Tauperle funkelt im Rosenblatt,
Ein Diamant in blass rotem See.
Ein Schmetterling trank von dem duftenden Bad,
Gurkemee!
Berauscht er zappelt und springt in die Höh',

Sein Herzblut färbt die Tauperle rot.
Als die Sonne erwacht, war der Schmetterling tot.
Gurkemee!

Seine Dichtkunst hatte ihre schönste Blüte getrieben! Und mit diesem Ausbruch war in seinen Zorn ein Loch geschlagen, so dass er abfloss und schließlich nichts als Wohlwollen hinterließ.

Klumpfüßig, – na Herrgott! Deshalb konnte sie ja eigentlich doch ein vortrefflicher Mensch sein! Gewiss, sie hatte ihr Gebrechen verheimlicht, aber hatte er nicht selber auch daran gedacht, es zu tun? – Es würde ein Hauptspaß sein, sich eines ihrer Stiefel zu bemächtigen, wenn sie erst verheiratet waren, und nachzusehen, was er enthielt. Hätte er nur ihre Stiefel vorher gesehen, dann hätte er mit Leichtigkeit vorausgesagt, dass sie hinkte. Aber das hatte nun einmal nicht sein sollen.

Und Bigum ging wieder umher und freute sich auf den Tag, der da kommen sollte, und träumte von seiner Liebe. Aber am Hochzeitstag geschah etwas, wodurch beinahe alles in die Brüche gegangen wäre. Der Schneiderjunge kam mit dem blauen Düffelanzug, und Bigum zog ihn an, um in die Kirche zu gehen. Da – der Donner! – stellte es sich heraus, dass sich der Schneider geirrt und das falsche Hosenbein abgeschnitten hatte.

Aber Bigum war nicht gesonnen, sich um seine Braut bringen zu lassen; resolut drehte er die Hosen um und zog sie mit dem Hinterteil nach vorne an. Besonders schön war es nicht, es sah aus, als wären sie für einen mit Hängebauch geschneidert worden, und hinten sah es womöglich noch schlimmer aus. Sehr praktisch war es auch nicht – aber es würde wohl gehen!

Und es ging auch. Aber lustig muss es gewesen sein, noch lustiger als damals, als Schweden-Anders vor dem Altar stand und auf die feierlichen Fragen des Pfarrers jedes Mal geantwortet hatte: »Ja, zum Teufel!«

Und so war denn Bigum Holzbein verheiratet mit Ane Peters, im täglichen Umgang Ane Klumpfuß genannt.

Sie waren noch nicht sehr lange verheiratet – nicht länger, als man braucht, um ein gutes Essen zu verdauen –, als sie aneinandergerieten. Die Sache war die, dass Ane gewöhnt war, viel zu essen, und Bigum sich mit wenigem behelfen konnte. Solange Ane das Essen verdaute, das sie am Hochzeitstag zu Hause bei ihrer Mutter eingenommen hatte, ging es gut. Als es sie aber nach neuer Nahrung gelüstete und in Bigums Speisekammer nichts zu finden war, wurde sie kriegerisch.

Bigum schien es, dass die Frage des Essens bei einem Liebesverhältnis von untergeordneter Bedeutung sei, und er versuchte es mit seinem alten Universalmittel, den Reden und Aussprachen. Aber Ane war nicht so leicht zur Vernunft zu bringen wie sein Magen. Sie schnitt ihm das Wort ab und verlangte zu essen, und als er gar nicht hinhörte und ruhig in seinem Text fortfuhr, wurde sie wild. Zweimal fuhr sie ihm in die Haare, aber glücklicherweise saß er beide Male, so dass sie den Kürzeren zog.

Nach der zweiten Niederlage versuchte sie nicht mehr, ihre

Kräfte mit ihm zu messen, dafür fing sie an zu zetern und zu kreischen und ihn auszuschimpfen. Bigum gebrauchte nicht die Zunge – das war unter seiner Würde; stattdessen setzte er die Geige unters Kinn und ahmte darauf all ihr Geheul und Gekreisch nach.

Eines Tages ging es besonders heiß her. Ane weinte und machte ihm Vorwürfe, Bigum saß und strich klagend auf seiner Violine. Das erregte sie bis zur Raserei, und sie fing an zu kreischen, in den himmelhöchsten Tönen. Aber sogleich fiel Bigums Geige ein, mit akkurat den gleichen hohen Tönen.

Es war mit ihm kein Auskommen – es war nicht länger auszuhalten … Ganz außer sich stürzte sie hinaus und die Seehügel hinunter. Bigum folgte ihr langsam mit der Violine unter dem Arm.

Ane Peters lief über den Strand und watete hinaus, um ihren Qualen in den Wellen ein Ende zu machen; wo das Meer sich verläuft, stand Bigum und hatte das Holzbein auf seinen Stock gelegt. Das Wasser war sehr flach, und Ane watete und watete. Endlich reichte es ihr bis zu den Achselhöhlen – zwei Schritte noch, und sie wäre aller Sorge ledig!

Warum aber stand Bigum so gleichmütig am Strand, als gehe ihn die ganze Sache nichts an? Er konnte doch mindestens den Versuch machen, sie zu retten, da sie doch nun für ewig scheiden sollten! Gelingen sollte es ihm gewiss nicht, denn sobald er käme, wollte sie die letzten paar Schritte tun und sich sinken lassen. Ein bisschen Liebe wäre trotzdem ganz schön gewesen, wenn sie ihn jetzt doch für immer verließ!

So stand sie da und überlegte, und das Wasser wurde immer eisiger; aber Bigum kam nicht. Es war das Beste, Schluss zu machen! Sie wollte den letzten Schritt tun, verfehlte aber die Richtung und watete dem Land zu.

Nun aber war Bigum dran, er warf die Geige hin und watete hinaus. Ah, Gott sei Dank – da brachte er es also doch nicht übers Herz! … Ane watete ihm rasch entgegen. Doch Bigum hob seinen Stock, schlug sie damit und zwang sie Schritt für Schritt wieder hinaus, bis ihr das Wasser bis zum Hals stand. Da bat sie um ihr armseliges Leben – und so jämmerlich, dass Bigum Gnade vor Recht ergehen ließ.

Als sie wieder auf dem Trockenen waren, ergriff Bigum die Geige. Er marschierte wie in einer Prozession vor seiner Frau her, strich einen Marsch auf der Violine und dichtete den Text dazu:

> *»Meine Frau wollt sich ertränken,*
> *ertränken,*
> *Nun tat sie sich bedenken,*
> *bedenken!«*

Bei dieser Wasserpartie hatten sich alle beide erkältet und mussten sich hinlegen, und da lagen sie zwei Nächte und zwei Tage, die Rücken gegeneinander gekehrt, in dem breiten Bett. Mitten auf dem Fußboden lagen das Holzbein und der Klumpstiefel in schöner Eintracht beisammen, zwischen den beiden Ehegatten aber brütete als ein zweischneidiges scharfes Schwert der Geist der Unverträglichkeit.

Am Morgen des dritten Tages indes drehte sie den Kopf ein wenig und drehte er den Kopf ein wenig, und sie lächelten beide zur gleichen Zeit. Nach und nach drehten sie sich immer weiter zueinander um, drehten sich und lächelten, bis sie schließlich in der höchsten ehelichen Vereinigung zusammenschmolzen.

Und als das Eis einmal gebrochen war, ging es wie von selber.

Sie wollten beide aufstehen und einer dem anderen Fliedertee kochen, und bald saßen sie auf der Bettkante und tratschten, während er ihr den Klumpstiefel zuschnürte und sie ihm das Holzbein anschnallte. Die lieben, lieben kleinen Leibesschäden! Dass sie es ihm jemals hatte vorwerfen können – oder er ihr! Das war es doch gerade, was einen dem andern so wert machte – und weshalb sie nicht waren wie andere Leute.

Es war, als habe der Geist der Eintracht selber seine Wohnung in ihnen aufgeschlagen. Sie brauchten die Dinge gar nicht erst zu bereden – sie waren sich von vornherein darüber einig. Vor dem Frühstück wurden die blauen Baumwollenen gekauft. Ane schnitt die Mütze ab und nähte die alte Hose im Bund zusammen, und Bigum packte den Ranzen. Und als die Sonne am höchsten stand, zog das Ehepaar Bigum auf Tournee – hinaus in den Frühling. Die Bauern hielten den Pflug an, wo sie erschienen. »Jetzt wird es bald Sommer«, sagten sie – wie man sonst sagt, wenn man den ersten Storch sieht.

Und niemals gab es größeren Zank zwischen den beiden Ehegatten – sie waren wie extra füreinander geschaffen. Bigum Holzbein spielte, Ane Klumpfuß sang, und sie zogen durch die ganze Insel, die Länge und die Quere.

Und wenn Bigum müde wurde, war es Ane, die die Hosen trug.

Der Todeskampf

Die jährliche Verrechnungssitzung der Post hatte in Kopenhagen stattgefunden. Es hatte sich da unter anderem um einen verschwundenen Geldbrief gehandelt, für den Schadenersatz geleistet werden musste. Man sah in den Büchern nach, und die Schuld fiel auf den Postmeister von Rønne. Zwei Tage später, als der Bornholmer Dampfer frühmorgens in Rønne ankam, stieg der Postmeister aus, setzte sich in die große gelbe Postkutsche und fuhr zum Postamt. Oberassistent Hansen öffnete ihm die Wagentür. »Willkommen daheim, Herr Postmeister!«, sagte er mit einer Verbeugung.

»*Ihnen* bin ich gewiss nicht willkommen!«, antwortete der Postmeister finster und schritt an ihm vorbei in das Gebäude.

Wie wenn man rasch über einen dunklen bekannten Dachboden geht und mit dem Gesicht an ein nasses Bettlaken stößt, so war es dem Assistenten zumute. Er fühlte sich vor den Kopf geschlagen, paff!

Einen Augenblick stand er wie betäubt da und starrte gedankenlos vor sich hin, während eine Mischung aus starrem Entsetzen und Willen zur Tat sich dunkel an ihm emporarbeitete. Dann aber ertappte er sich dabei, dass er auffallend wirkte; er ging ins Büro und machte sich wie gewöhnlich an das Abfertigen der Post. An seinen Schläfen zeigten sich scharf abgegrenzte rote Flecken, und sein Blick hatte etwas Abwesendes. Aber er arbeitete rasch und mechanisch wie immer; dicht und taktfest fielen die Stempelschläge auf die Briefe. Nur dann und wann, wenn er innehielt und nach einem neuen Briefbündel langte, lief ihm unwillkürlich ein Schauder über Hals und Schultern. – Und einer nach dem andern, je nachdem sie abgefertigt worden waren, bliesen die roten Postillone in ihr Horn, und die großen gelben Kasten rollten davon, nach Neksø, nach Svaneke, nach Allinge. Als er die letzte Postkutsche abgefertigt hatte, war es sechs Uhr morgens, und nun hatte er bis neun Uhr dienstfrei. Er nahm seinen Hut, rückte den Hemdkragen zurecht, schlug dem jüngeren Kollegen im Vorbeigehen auf die Schulter, bot ihm einen freundlichen guten Morgen und ging hinaus. Über den Platz vor dem Postgebäude schlenderte er noch nachlässig, als er aber um die Ecke bog, beschleunigte er seinen Gang, der allmählich zum leichten Lauf wurde. Die Straßen waren leer, er begegnete nur ein paar verspäteten Werk- oder Hafenarbeitern, die ebenso jagten wie er selbst. Bei Konsul Michelsen holte er die Allinger Kutsche ein und sprang hinein. Der Postillon grüßte ihn ehrerbietig.

Noch war die Tatsache nicht genügend in sein Bewusstsein gedrungen. Die erste Lähmung, das rasche Arbeitstempo im Büro, das schnelle Laufen hatten es verhindert. Das Rasseln des Fuhrwerkes auf dem bösen Pflaster, das heftige Klirren der Scheiben hielt ihn peinlich beschäftigt, er vermied es, sich darüber klarzuwerden, warum er hier saß, machte allzu bereitwillig das Schaukeln mit und gab mit gesuchter Unparteilichkeit die Berechtigung der zahlreichen Klagen über die schlechte Personenbeförderung zu – ja schnitt sogar bei jedem Stoß übertriebene Grimassen und beobachtete das Schwanken des Wagens mit bekümmerter und verantwortungsbewusster Miene.

Das Pflaster ging in die bequeme Landstraße über. Die Stille überfiel ihn wie geladene Luft; er empfand sie als bedrückende Last, und eine ferne Furcht vor der Explosion überkam ihn. Sein Verlangen nach Zerstreuung wurde bewusster, und so warf er sich nachlässig ins Polster, ein Bein oben im offenen Wagenfenster, gähnte und streckte sich wie einer, der physisches Wohlbehagen darüber empfindet, dass er frei ist, er pfiff! Und er ließ seine Gedanken ganz leicht, nur wie eine Andeutung, um eine Vergnügungsfahrt oder Geschäftsreise herumspielen – um irgendetwas jedenfalls außerhalb des täglichen Göpelgangs –, hütete sich aber wohl, sich weiter darin zu vertiefen, denn auf dem Grunde alles dessen lag ja die Wahrheit. Er ließ davon ab – zur rechten Zeit – und entdeckte, dass er der einzige Passagier war, wunderte sich darüber, wunderte sich sehr darüber, begann förmlich nach der Ursache dieses Umstandes zu forschen. Er gestattete sich, diesen Gedankengang zu verfolgen, gab zu, dass die Postwagen gewöhnlich sehr wenig oder gar keine Passagiere beförderten, und variierte diese Tatsache in allen ihren Folgerungen: Einschränkung der Verkehrsannehmlichkeiten – Defizit! Das Wort Defizit wirkte trotz seiner Harmlosigkeit unheimlich auf ihn; schaudernd zog er sich zurück und schlug andere und wieder andere Wege ein. Seine Gedanken bewegten sich innerhalb einer Ringmauer der Erkenntnis, an der sie sich die Stirn einzurennen drohten, sobald er ihnen die Zügel schießen ließ.

Er lag in die Wagenecke gelehnt und trommelte die Melodie des »Ta-ra-ra-bum-Liedes« auf der Trennwand. Schon begann die Sonne zu brennen, er war müde und duselte. Als ihm die Augen zufielen, bemerkte er eine Ritze in der Wagendecke, und er nahm langsam den Gedanken an den Bau des Wagens auf: Gefalzte Bretter trocknen auseinander in der Sonne – warum nicht lieber Leder oder Eisenblech verwenden? Träge glitten seine Gedanken weiter. Er verglich Postkutsche und Eisenbahn … meinte, er fahre in der Eisenbahn und … Nein, er steht da und wartet auf den Zug und hat es eilig … Da kommt der Zug herangebraust, Gott sei Dank! Dann entdeckt er zu seinem Schrecken, dass er nicht auf dem Bahnsteig, sondern auf den Schienen steht. Man winkt vom Bahnsteig aus und ruft ihm etwas zu, was aber im Lärm des Zuges ertrinkt; er sieht, wie sie die Lippen bewegen. Er legt sich nieder, kriecht, kommt glücklich über die Schienen, nun nur noch das eine Bein … Da! Blitzschnell reißt er das Bein vom Fenster herunter und fährt in die Höhe. Er ist nicht imstande, sich gleich zu fassen; wie ein von einem Düngerhaufen aufgejagter Fliegenschwarm summen seine Gedanken verwirrt durcheinander, und etwas stellt sich vor ihn hin, nackt, ungehindert: Entdeckt! Verbrecher! Kalte Pünktchen krabbeln ihm den Rücken hinauf bis zum Scheitel, er ballt die Fäuste, richtet sich empor und droht sich selber. Sein Herz hämmert, das Blut schießt ihm zu Kopf; die geballten Fäuste erhoben, starrt er geradeaus. Dann wird er sich plötzlich des Theatralischen dieser Stellung bewusst; unwillkürlich streckt er die Zunge heraus, ist aber im selben Augenblick über sich selbst entrüstet und schlägt sich resolut mit der Faust ins Gesicht.

Der Schlag brachte ihn vollends in die Wirklichkeit zurück, er sah das Geschehene in seiner ganzen Entsetzlichkeit und sank in dumpfem Schmerz auf den Sitz zurück. Sein Körper zuckte, ein schneidender Schmerz wühlte in allen seinen Nerven, er wand sich vor Qual. O wie fürchterlich! Wie ein verwundetes Tier hätte er schreien mögen … Zuchthaus! Aber das durfte nicht sein! Nein, nein! Um keinen Preis, nicht um die Hölle, nicht um des Paradieses, nicht um des Lebens selbst willen!

Nur Hammershus erreichen – den Großhändler – den Philanthropen, der sich der Verbrecher annahm. Er lachte höhnisch, hatte das Bedürfnis, sich selber ins Gesicht zu spucken.

Wie langsam, wie entsetzlich langsam es vorwärtsging. Sollte er abspringen und laufen? – Der Großhändler, der Großhändler! – Er wollte ihn bitten, ihm alles erzählen, ihm drohen – nein, nicht drohen – *anflehen*. Aber erreichen, erreichen musste er ihn, ehe es zu spät war! Es zuckte in ihm, der Schweiß drang ihm stoßweise aus allen Poren, er bewegte die Beine, wie wenn er liefe, und stieß gegen das Rückenpolster, als wolle er den Wagen in raschere Bewegung bringen.

Schließlich überfiel ihn eine nervöse Ruhe, er kauerte sich zusammen und starrte mit gereiztem Ausdruck unbeweglich vor sich hin; dann und wann ging ein Zucken um seinen Mund, sein Atem war kurz und laut, als wäre er um sein Leben gelaufen. Als der Kutscher seine Peitsche auf das Wagendach warf, fuhr er jäh zusammen in der Vorstellung, er würde verfolgt. Er wiegte sich hin und her, summte und trat den Takt dazu, wie um einen körperlichen Schmerz einzuschläfern.

Allmählich zwang er sich zu ruhigerem Atmen. Dies hatte er ja die ganze Zeit vorausgesehen; warum sich also jetzt derart gebärden! Aber er wusste, dass er log; im Gegenteil, er hatte die Furcht hinausgeschoben und auf etwas gewartet, was ihn retten würde. Illusion! O die verfluchte Illusion! Sie hatte ihn gehindert, sich beizeiten in Sicherheit zu bringen. Er hatte sich müde gearbeitet, und Gleichgültigkeit befiel ihn. Ihm war, als sei er in zwei Personen gespalten: eine, die dalag und sich in Krämpfen wand, und eine, die gleichgültig zuschaute. Er versank in Staunen über die verschiedenen Äußerungen seines Leidens, wunderte sich, dass er nicht mehr litt, dass es nicht gleich am Morgen, nicht längst gekommen war. Fühlte er sich denn eigentlich als Verbrecher? Nein, denn das Entsetzen war erst über ihn gekommen, als es ihm aufging, dass er entdeckt sei. Also nicht das Gewissen war es, sondern die Scham. Wovor? Nicht vor der Meinung der Welt, um die scherte er sich den Teufel, sondern vor der Meinung von zwei Menschen, seinen beiden Freunden. Wenn sie ihn jetzt sähen – wenn sie es wüssten! Am einfachsten wäre ja, ihn totzuschweigen, aber das würden sie nicht tun; sie würden ihm schreiben, ihn vielleicht im Gefängnis besuchen, etwa gar eine Bittschrift für seine Begnadigung einreichen – bloß um der alten Freundschaft willen ... Aber nein, niemals! Gott im Himmel, nein! Das nicht, eher sich den Kopf an einem Stein zerschmettern – oder sich niederschießen wie einen tollen Hund – oder ...! Sterben, um jeden Preis sterben! Wieder begann es in ihm zu arbeiten, er krümmte sich und wiegte sich hin und her wie ein Kind, das sich an einem wehen Finger gestoßen hat – wurde triefend nass vor Schweiß.

Am allerbesten wär's, sofort ein Ende zu machen. Verzweifelt griffen seine Gedanken nach der raschesten und sichersten Todesart, und da kam ihm etwas in den Sinn, dessen Dasein er vergessen oder bisher verleugnet hatte; er fasste in die Tasche und zog einen Revolver heraus. »Ein Ding, das rasche Arbeit macht«, sagte er halblaut und legte den kalten Lauf mit Wohlbehagen an seine Wange. »Wenn man ihn richtig hält – eigentlich müsste man einen Spiegel haben.« Es fiel ihm ein, dass er in seiner Kindheit von einem Mann gehört hatte, der sich vor dem Spiegel erschoss. Damals war er der Meinung gewesen, der Mann hätte in den Spiegel gezielt – er lächelte. Was man wohl dabei empfand? Der Arzt erklärte, es sei nur ein dumpfer, schmerzloser Schlag, begleitet von Schwarzwerden vor den Augen – hatte aber natürlich keine persönlichen Erfahrungen. Dem sähe es übrigens ganz ähnlich, es einmal zu versuchen – wenn er fände, dass er über das Beste hinaus sei.

Er hob den Revolver langsam in gleiche Höhe mit dem Gesicht und starrte in den Lauf hinein. Wenn er jetzt abdrückte, würde ihn die Kugel zwischen die Augen treffen, wahrscheinlich an der Nasenwurzel abprallen, schräg ins Auge eindringen und vielleicht hinter dem Ohr heraustreten. Während er dies dachte, blinzelten seine Augen nervös, und er musste seinen Kopf, den es krampfhaft seitwärts zog, mit Gewalt vor der Mündung halten. Und plötzlich bekam er Angst, entsetzliche Angst; er schleuderte den Revolver auf den Sitz. Da lag die Waffe und wies mit der Mündung nach seinem Bein; rasch zog er das Bein an sich und gab dem Revolver eine andere Richtung.

Er trocknete sich den Schweiß von Kinn und Nacken, fühlte mit Unbehagen, dass ihm die Kleider feucht am Körper klebten, und wollte den Rock abwerfen, besann sich aber darauf, wie unvorsichtig dies wäre, wie leicht man sich dadurch eine Lungenentzündung oder gar die Schwindsucht zuziehen könnte. Er schauderte zusammen und knöpfte den Rock fester zu.

Wieder meldete sich die Erschlaffung; Einzelheiten seines Zustandes kamen ihm zum Bewusstsein, während er gleichzeitig über die Tuberkulose nachsann. Er bemerkte, wie ihn von Zeit zu Zeit kleine Stöße durchfuhren, ähnlich jenen, die einen beim Einschlummern wieder zum Erwachen bringen – und versuchte, dem Zucken durch Ballen seiner Hände Einhalt zu gebieten. Dann öffnete er die Hände wieder, streckte die Finger und betrachtete geistesabwesend seine Nägel – steckte die Hände wieder in die Taschen, wobei er fortwährend über jene Krankheit nachgrübelte: Die Erblichkeit war eine ganz vernünftige und gerechte Einrichtung, Krankheiten sollten sich ebenso vererben wie alles andere.

Ansteckung war sinnlos und demoralisierend – wie alles, was außerhalb der menschlichen Berechnung lag … Der flüchtige Eindruck der Nägel tauchte irgendwo in seinem Gedankengang auf und verknüpfte sich mit der Theorie der Ansteckung: Wohlgepflegte Nägel seien für die Hygiene von großer Wichtigkeit, hatte der Freund eines Abends gesagt, als er die Bedeutung der Erotik vom medizinischen Standpunkt aus entwickelte. Nägel seien Ansteckungsträger; die Mädchen lehrten die Männer, ihre Nägel zu reinigen … Der Doktor hatte natürlich recht! Er hatte ja immer recht, verdammt recht! Und der Oberassistent fing an, in seinen Erinnerungen nach dem Gesicht des Mädchens zu wühlen, das ihn zuerst gelehrt hatte, sich zu pflegen. Aber es tauchten andere Gesichter auf, die nicht die richtigen waren, einige mit langweilig ausgesponnenen Anklagen. Er wollte sich nicht darin vertiefen und starrte, mechanisch seine Nägel putzend, interessiert zum Fenster hinaus, versank in Gedanken über zwei Kühe, die einander über die Wiese jagten.

Bei einer Briefsammelstelle, wo haltgemacht wurde, erblickte er eine Uniform und fing an zu zittern. Bis er erfuhr, dass es nur ein Amtsdiener war, der ein Weib ins Gefängnis zu bringen hatte. Ein schwedisches Dienstmädchen war es, das heimlich geboren und das Kind umgebracht hatte und nun in Hasle abgeurteilt werden sollte. Der Leiter der Postagentur trat hinzu und erzählte, die Mütze in der Hand und einen Fuß auf dem Wagentritt, dem Oberassistenten die ganze Geschichte. Neugierig betrachtete Hansen das Weib; es war blass und mager und hatte erst vor zwei Tagen geboren.

Um den Kopf trug es ein schwarzes Seidentuch, das die Blässe des Gesichts hervorhob. Es hatte dunkle, oval geschwungene Augenbrauen; der Assistent musste an eine Madonna denken.

Die fünf Minuten Aufenthalt waren vorbei, und der Kutscher ergriff die Zügel. Das Mädchen wankte, als es einsteigen sollte, und konnte es nicht allein. Der Amtsdiener murmelte einen Fluch, der Assistent reichte ihm die Hand zur Hilfe.

Dann fuhren sie dahin, die zwei Verbrecher und der Amtsdiener, der etwas angeheitert war und ohne Rücksicht auf das Mädchen dem Assistenten die näheren Umstände des Verbrechens zum Besten gab. Sie hatte wie alle Tage nach Tisch Geschirr gespült, war dann in ihre Kammer gegangen, eine Weile darin geblieben – doch nicht so lange, dass es auffallen konnte – und war dann zurückgekommen. Kein Mensch hatte ihr etwas ansehen können. In der Zwischenzeit aber hatte sie geboren, hatte das Kind erwürgt und in einer Schublade versteckt. Bei Nacht hatte sie die Leiche im Düngerhaufen begraben – des Morgens hatten die Schweine es wieder aufgewühlt. Sie hatten einen Teil davon gefressen, ehe man es ihnen entreißen konnte.

Der Assistent hatte sich selbst ganz vergessen, mit Begier sog er jedes Wort ein. Und mit der Neugier eines Kindes betrachtete er das Mädchen von oben bis unten. Es wunderte ihn, dass sie gar nicht roh und grausam aussah; so hätte er sie sich vorgestellt, wenn sie nicht hier bei ihm gewesen wäre. Ein klein wenig enttäuscht betrachtete er ihre Hände; es waren keine blutigen Krallen, sondern fleischige rote Mädchenhände, die einen liebkosen könnten, ohne dass man je ahnen würde, dass ein Mord daran klebte. Er versuchte sich diese weichen Hände um die Kehle des Kindes gepresst vorzustellen, fühlte sie aber unwillkürlich an seiner eigenen und empfand ein Kitzeln, so dass er nahe daran war, laut zu lachen. Er räusperte sich, um den Ausbruch zu verbergen, und umfasste das Mädchen mit einem Blick: Sie, die leidende, verzagte Gestalt mit dem niedergeschlagenen Blick, der sie so lieb und anziehend machte, war also eine Kindesmörderin!

Der Amtsdiener erzählte weiter: Als sie sich entdeckt sah, hatte sie Geburtswehen vorgetäuscht; aber selbstverständlich ließ man sich nicht dumm machen, und sie musste mit, wie sie ging und stand. Übrigens lagen die Reste des Kindes in einem Paket oben auf dem Wagendach, sie sollten mit nach Hasle und gegen die Mutter zeugen. Der Herr Oberassistent könne sie sehen, wenn er die Geschichte nicht glaube. Es kribbelte in dem Assistenten vor Neugier, er war schon im Begriff, ja zu sagen. Dann aber traf ihn der Gedanke, dass auch er im Begriffe stand, roh und brutal gegen die Frau zu sein, das gab ihm einen Stich.

Sie hatte während der ganzen Erzählung mit gesenktem Kopf stumm dagesessen. Der Assistent sah sie lange mitleidig an, sie fühlte die Teilnahme in seinem Blick und brach in Tränen aus.

Schön war sie, fand er und rückte unwillkürlich näher. Er hatte das Bedürfnis, sie zu trösten, zu umarmen, zu küssen, ihr sein Mitleid in Liebkosungen zu zeigen. Und er verfiel in wehmütige Gedanken, fühlte mit einem Mal ein überwältigendes Liebesbedürfnis, empfand ein Wohlbehagen, als ihr Kleid sein Bein berührte.

In Hasle stiegen die beiden aus und wurden von Schutzleuten in Empfang genommen. Der Assistent sah, wie das Mädchen sich dagegen sträubte, mit Gewalt fortgeführt zu werden; sie klammerte sich an den Griff der offenen Wagentür und bat, allein zum Haftlokal gehen zu dürfen. Die Männer stießen sie vorwärts und fragten sie höhnisch, ob es denn beschämender sei, neben einem Schutzmann herzugehen, als sein eigenes Kind zu erdrosseln. Der Assistent war nahe daran, zu ersticken: Hinausspringen müsste er und Partei für das Mädchen nehmen. Dann aber schlug seine Empörung in ein wohltuendes Heldengefühl um, er legte die Hand auf die Tasche, in der der Revolver steckte; und während die Schutzleute mit dem Mädchen um die Straßenecke bogen und verschwanden, sah er sich in Gedanken einen nach dem andern von ihnen niederknallen.

Und weiter ging es.

Gedanken zogen durch seinen Kopf, zerstreute, unzusammenhängende Gedanken, sinnlose Gedanken. Sie kamen und gingen nach einem im Verborgenen leitenden Prinzip, und ihre Abschweifungen waren unberechenbar wie die eines Hundes, der seinem Herrn folgt, dabei aber bei jedem kleinen Strauch und Stein Geschäfte zu besorgen hat und mit einer grenzenlosen Willkürlichkeit umherspringt. Er dachte an den rohen Amtsdiener und an die Büttel, die das Mädchen wegführten; ihr Handwerk machte sie schlechter als die Opfer, die von ihnen zur Richtstatt geschleppt wurden. Er dachte an eine ältere Dame, von der erzählt wurde, dass sie sich in gesegneten Umständen glaubte und drei Jahre lang zu Bett lag und auf die Entbindung wartete – Unwissenheit! Und das Mädchen hier? – Auch Unwissenheit! Liebe zum Nachwuchs – was war das? Liebt die Mutter nicht ihr neugeborenes Kind, oder gewinnt sie es vielleicht erst lieb, während sie es pflegt und nährt? Der Arzt hatte erzählt, dass Indianerinnen, wenn sie auf ihren Wanderungen ein Kind zur Welt brächten, sich erhöben und es mit einem Stein erschlügen. Aber die Tiere schleckten doch ihre neugeborenen Jungen – wenn sie sie nicht in den Geburtswehen auffraßen wie das Schwein. Der Mensch sollte ja in manchen Stücken dem Schwein gleichen.

Er lag aufs Polster hingestreckt und genoss die eigenen Gedanken, bekam dabei das Bedürfnis zu rauchen und fand in der Brusttasche eine zerbrochene Zigarre; er schnitt das Schlechte weg und steckte sie an. Nachdem er eine Weile Rauchringe vor sich hin geblasen hatte, wurde ihm das langweilig, und er begann durch die Nase zu rauchen. Auch dessen wurde er bald überdrüssig, er schluckte eine große Menge Rauch und hielt den Mund offen, während der Rauch ihm langsam aus dem Mund hervorqualmte.

Die Sonne stand schon ziemlich hoch am Himmel; sie schien von der Seite zum Wagenfenster herein und baute einen schrägen Staubbalken zum gegenüberliegenden Polster. Der Oberassistent empfand den Sonnenstrahl als etwas Familiäres, etwas, was er jederzeit in einen bekannten Duft oder Ton würde umsetzen können. Er war sich aber nicht bewusst, dass es dieser Sonnenstrahl war, der ihn plötzlich unter genau gegebenen Verhältnissen in sein Büro versetzte – Wintertag, Sonntagnachmittag, mit Sonnenschein in langen rauchblauen Lichtbalken vom Fenster her – und etwas längst Erlebtes taghell hervorzauberte.

Die Post war soeben eingetroffen, er saß da und fertigte sie ab. Die Freunde, die auf ihn warteten, um ihn zu einer Partie Whist mitzunehmen, unterhielten sich jeder auf seine Art: der Arzt fuhr auf einem Drehstuhl Karussell, der Bankbeamte las mit karikierender Stimme die eingegangenen Postkarten. Hinter der Trennwand schritt ein Herr im Pelz auf und ab; er war gerade mit dem Dampfer angekommen und wartete auf die Weiterbeförderung in der Postkutsche. Plötzlich trat er an den Schalter und klopfte. Hansen schob das Fenster in die Höhe, der Fremde zog höflich die Reisemütze und fragte, ob es hier nicht einen Postassistenten Hansen gebe. »Doch, der bin ich«, antwortete Hansen grüßend. Der Reisende hatte einen Gruß zu überbringen: ein Träger, der ihm in Kopenhagen seinen Koffer zum Dampfer besorgte, hatte ihn gebeten, falls er in Rønne einen Postassistenten Hansen sähe, ihn von seinem alten Vater zu grüßen. Der Assistent fühlte die Augen der Freunde auf sich ruhen; sie kannten seine Familienverhältnisse nicht, wussten aber, dass er mehr als sein Gehalt verbrauchte, und meinten deshalb, er werde von daheim unterstützt. Und so kam es, dass er dumm handelte, eselsdumm! »Mein Herr«, hatte er spöttisch erwidert, »Ihr Auftrag muss für einen andern bestimmt sein. Ich habe nicht die Ehre, in Kopenhagen *Hafenkulis* zu kennen.«

Im gleichen Augenblick bereute er es, nicht aus Sentimentalität, sondern weil das so entsetzlich dumm gewesen war. Der Fremde hatte sich stumm verbeugt und ihm den Rücken gekehrt, und gleichzeitig empfand er ganz deutlich, wie die Freunde ihn in Gedanken verurteilten.

Er sah es vor sich und ärgerte sich von Neuem über seine Dummheit. Auf jeden Fall hatte es ihn bei seinen Freunden für eine Zeit lang in schiefes Licht gebracht: Als ob man seinen Vater nicht lieben könnte, ohne überall zu erzählen, dass er Dienstmann war! Am Abend waren sie beim Whist zum Verzweifeln rücksichtsvoll, bis er schließlich die Fassung verlor und dem Arzt vorwarf, dass er am Tag vorher jemand von seinen Leiden befreit habe, der sowieso nicht gesund werden konnte und sich bloß quälte; er ging so weit, es einen Mord zu nennen. Das wiederum brachte den Arzt auf; er schimpfte Hansen einen *Sklaven der Lebensphilosophie* und sprach von Seelenmord, und der Bankbeamte trat dem Arzt zur Seite, indem er über die Missachtung des Alters durch die Jugend herzog. Als Hansen sich indirekt verteidigen wollte, erklärte der Arzt, die Lebensphilosophie führe zu Lüge, Heuchelei und falschen Ehrbegriffen, die Lebensphilosophie sei die große Lebenslüge, sie opfere die Bekenner der Wahrheit, eine Phrase sei die Lebensphilosophie. Der Arzt gebrauchte Phrasen, gerade weil er sich um Nüchternheit bemühte. Da er Phrasen hasste und vermied, gebrauchte er Phrasen unwillkürlich als Antiphrasen.

Er richtete sich auf und sah aus dem Fenster. Der Anblick der Landschaft riss ihn aus seinen Gedanken. Auf dem Hügel standen Kühe in einer langen Reihe angepflockt; ein alter Hirt fuhr mit einem Wasserwagen die Reihe entlang und tränkte die Tiere. Die am weitesten weg standen, drehten ihm die Köpfe zu und brüllten sehnsüchtig. Der Boden war mit großen Steinen übersät, da und dort trat der nackte Fels zutage, mit Schlehen- und Brombeersträuchern bekränzt. Weit draußen wurden die Felder von Felsen begrenzt, durch deren Klüfte tief unten das Meer zu sehen war.

Er warf einen stumpfen Blick auf das Ganze, nahm aber die Stimmung durch andere Sinne auf und fing unwillkürlich an, »Freude über Dänemark« zu summen.

Nach und nach wurde das Summen unhörbar, summte er nur noch inwendig, doch wenn er auch hinaussah und eigentlich an etwas anderes dachte, so schwebten über seinem tieferen Bewusstsein Wort und Melodie unablässig dahin. Plötzlich dann stellte er fest, dass nicht der Text des Liedes, sondern der Text der Parodie des Liedes in sein Ohr drang, und das verdross ihn: Diese verfluchten Parodisten, diese geistigen Stinktiere, beschmutzten jede erhabene Stimmung! Aber da tauchte lächelnd das energische Gesicht des Arztes vor ihm auf. »Warum so feierlich?«, besagte das Lächeln. »Parodien wirken abführend, sie sind in der Welt der lyrischen Stimmungen das Bittersalz.« – Trotzdem war es abscheulich, immer den banalen Auffassungen des Arztes beipflichten zu müssen, im Grunde war doch seine Nüchternheit nichts anderes als Perversität! – Er begann zu pfeifen.

Am Weg stand ein zweirädriger grüner Handkarren mit einem kleinen Kind darin; ein dralles Mädelchen reckte sich auf den Zehen davor und war eben dabei, mit dem Daumen dem Kind etwas in den Mund zu stecken. Sie rollten vorbei, und der Assistent rutschte an das hintere Fenster, um die Szene weiterzuverfolgen. Jetzt richtete sich an einer Hecke am Grabenrand ein Weib auf, ging zu dem Kinderwagen und knöpfte unterwegs schon ihr Kleid über der Brust auf. Dann kniete sie nieder und beugte sich über das Kleine. Er rollte weiter und weiter von der Gruppe weg, ließ sie aber nicht los und sah nach langer Zeit von Weitem, wie die Mutter sich wieder aufrichtete und ihre Kleider ordnete, die Wagendeichsel ergriff und sich mit ihren Kleinen in Marsch setzte. Schwer und breit bewegte sie sich bei jedem Schritt auf und nieder, bis sie in undeutlicher Ferne verschwand.

Ihn ergriffen Wehmut und Mitleid mit sich selbst – das Weinen saß ihm im Hals. Das Zittern einer sterbenden Seele durchfuhr ihn. Es gab so viel, was er nicht mitgelebt hatte. Wo aber war es jetzt zu finden? Nun blieb ihm nur noch eine Galgenfrist, ein letzter schäbiger Rest, den anzunehmen er zu stolz war. In diesem Augenblick erst – das fühlte er – war er vollständig nüchtern, wehmütig resigniert, sich der Hoffnungslosigkeit seiner Lage völlig bewusst. In solch einem Zustand sollte man sich zu einer Lösung aufraffen, in solcher Stimmung sollte man zu dem Frieden eingehen, der höher ist als alle Vernunft. Still nahm er den Revolver wieder aus der Tasche und legte ihn neben sich auf den Sitz. Die Mündung zeigte auf ihn, aber das focht ihn nicht an. Und jetzt die Abrechnung! Ehe einer in den Tod ging – das wusste er –, musste er sein ganzes Leben wohl oder übel vor sich Revue passieren lassen! Aber nichts tauchte auf, keine Erinnerungen, nichts; nicht einmal so etwas wie Reue. Da wollte er es heraufzwingen, gewaltsam, wollte sich selbst das Messer an die Kehle setzen. Mit feierlichem Ernst hob er den Revolver und hieß seine Gedanken weit in die Vergangenheit zurückgreifen: leere graue Nebel! Und vorn, in der Zukunft, gab es nicht einmal Nebel – nur Leere, Nirwana! Er blickte unbehindert in die Finsternis hinter dem Tod hinaus, und die große Nichtigkeit packte ihn mit würgenden Fingern an der Kehle. Der Schrecken aller Schrecken legte seine feuchtkalten Hände um sein Herz und überrieselte es mit einer Empfindung, die von der höchsten Wonne nicht zu unterscheiden war. Und seine Phantasie ließ sich davon täuschen und arbeitete los: Das Leben, das vergangen war, nahm keine Gewissensbisse weg, und was noch unverbraucht vor ihm lag, das konnte viel an Glück enthalten! Der Großhändler würde den fehlenden Betrag ersetzen, der Postmeister die Sache totschweigen, und er könnte das Leben wiederum leben – auf andere Art. Aber eigentlich war es doch schön gewesen, wie es war – schön genug, um noch einmal gelebt zu werden. Die Vergangenheit machte jetzt einen unbestimmten, aber hellen Eindruck auf ihn. Und bei seiner gesunden Veranlagung … Auf Glück war todsicher zu hoffen, auf berauschendes Glück, entsprechend mit Sorgen gemischt, um den Lebensappetit zu verschärfen. In diesem Augenblick tönte ihm das Licht wie eine Fanfare, der blaue Himmel wie ein Hymnus auf das Leben. Entschlossen sprang er auf und schleuderte den Revolver durch das offene Fenster in ein Kleefeld. Er folgte ihm mit den Augen, sah, wo er hinfiel, und – sah mehr als das. Und wie nie zuvor legte sich Hoffnungslosigkeit über ihn, nun er sich dem Leben auf Gnade und Ungnade ergeben hatte: Der Großhändler würde seine Bitte ablehnen, der Postmeister ihn der Strafe überliefern. Er hatte ein Gefühl, als wäre er am ganzen Körper zottig und die Haare stünden mit einem Male zu Berge …

Das schwedische Mädchen tauchte in seinen Gedanken auf und zwang ihn zu vergleichen; gewaltsam stieß er das Bild zurück und wollte die Ähnlichkeit leugnen. Sie war eine Mörderin, sein Vergehen bestand nur in einer Anleihe, die zurückerstattet werden konnte, was heute noch geschehen würde. Er klammerte sich mit Vorliebe an den Gedanken, dass seine Tat gutzumachen sei, jene des Mädchens aber nicht, und bemühte sich, ihr Verbrechen zu vergrößern, um so einen Abstand zwischen sich und sie zu legen.

Heimlich gebären, ohne Hebamme oder Wochenbett, bloß in seine Kammer gehen, sich umdrehen und wieder herauskommen! Ganz wie die Wilden! Und wie diese das Kind auf der Stelle erschlagen! Warum aber? War es etwa Angst gewesen, für das Kind sorgen zu müssen? Sicher nicht, Weiber sind Heldinnen, wenn es gilt, die materiellen Folgen ihrer Handlungen auf sich zu nehmen. Es war Scham gewesen. Oh, auch sie, das schwedische Dienstmädchen, kannte das Schamgefühl! Um der Schande willen erwürgte sie ihr Kind und begrub es in einem Düngerhaufen – und er stahl und verübte Fälscherei, um Geld für eine Whistpartie zu erlangen …

Wieder stand er Auge in Auge mit sich selbst, stieß das

Bild weg und rief es durch die fatale Richtung seiner Gedanken zurück. Er zitterte vor dem heiklen Thema und konnte es doch nicht lassen, er tastete daran, wie man an einem hohlen Zahn tastet, obwohl man weiß, dass es wehtut.

Als aber die Ähnlichkeit klar wurde und er sich ihrer nicht mehr erwehren konnte, war er auch schon dabei, die Bedeutung *ihrer* Tat abzuschwächen.

Eine Handlung an sich sei kein Verbrechen; was man tun dürfe und was nicht, beruhe oft auf willkürlichen Sitten und Gebräuchen. Wollte man das Gute und das Böse systematisch ordnen und verbinden, mit den extremen Fällen an den Außenpunkten und stetig abgestuft gegen die Mitte zu, dann wäre es ebenso schwer, den Übergang vom einen zum andern nachzuweisen wie den von einer Farbe zur andern im Spektrum. Unwissenheit war es, was sie zu Fall gebracht hatte, Unkenntnis des rechten Zeitpunktes zum Handeln. Viele Damen taten dasselbe und wurden nicht bestraft. Der Arzt hatte doch recht, wenn er behauptete, die Gesellschaftsmoral sei Humbug. Wie weit reichte das Gesetz – auch wenn es aufrichtig war? Und wie weit reichte der menschliche Scharfsinn? Etwas schon Geborenes zu vernichten war in den Augen der Menschen ein Schwerverbrechen, das eigentlich auf dem Schafott gebüßt werden müsste, aber durch die große Barmherzigkeit nur mit Zuchthaus bestraft wurde. Etwas Werdendes vernichten bedeutete schon ungleich weniger, das Gesetz konnte es noch erreichen, und das Gewissen hatte eine Art Vorstellung von der Schlechtigkeit solcher Tat. Übrig blieben aber noch zwei – unangreifbare – Methoden des

Mordes: der Entstehung vorbeugen und – last, not least – »der Gelegenheit ausweichen«. Das Letzte war vielleicht, im Tiefsten, das größte Verbrechen gegen das Leben! Er musste über sein radikales Paradoxon lachen.

Der Oberassistent hatte in diesem Augenblick den eigenen Schmerz vollständig vergessen. Er war zufrieden mit sich, er bewunderte seine geistige Klarheit, er schloss die Augen und glich einem Mann, der sich weder von Gefühlen noch von Glaubenssätzen bestechen lässt. Er stellte mit gebieterischer Folgerichtigkeit die verschiedenen Begriffe gegeneinander und tauchte seine Pointen in giftigen Hohn. Die Mitmenschen waren es, die eine Tat zum Verbrechen stempelten, dieselben Menschen, deren Meinung wegen die Tat begangen worden war. Spuckten die Menschen nicht sich selber ins Gesicht, wenn sie den zu Fall brachten, der auf ihr Urteil Rücksicht genommen hatte? Aber das war ja gerade das Despotische an der öffentlichen Meinung, dass sie, wie alle Tyrannen, den am ärgsten peitschte, der am meisten Sklavensinn zeigte!

Nachher erst, wenn alles entdeckt war, kamen die Wehen über sie – es lag Symbolik darin.

Man hatte aber die Wehen als Faxen behandelt und sie mitgeschleppt!

Ein Gefühl des Erbarmens mit dem Mädchen überkam ihn, aber er verscheuchte es eilends. Warum nicht lieber Gerechtigkeit statt Mitleid walten lassen? Wenn man nur immer Gerechtigkeit übte, dann wäre alles andere nicht vonnöten. Aber die Menschen predigten Mitleid, weil nichts anderes so geeignet war, die Mitmenschen zu knechten, ihnen das Selbstvertrauen zu stehlen, sie zu Sklaven zu machen, ergebenen Sklaven, die auf dem Bauch krochen wie leckende Hunde, während das Mitleid über sie gebeugt stand, lächelnd und liebkosend – den Fuß zum Stoß bereit. Wie schlau war doch der Mensch gewesen, der zum ersten Mal die Gerechtigkeit durch Mitleid ersetzte! Das heißt, seine Schulden auf eine Art zu bezahlen, als gäbe man Almosen, heißt, Wucherzinsen von dem zu nehmen, was man selbst schuldig ist!

Das Mitleid wollte ihn aber nicht lassen, es breitete sich aus und bemächtigte sich seiner. Er konnte es nicht länger ertragen, sich die Sache durch Lügen, Geschwätz und Haarspaltereien vom Leibe zu halten, sondern gab jählings alles auf und warf sich dem Fürchterlichen in die Arme. Und er ging bis zum Äußersten, fing an, sich die Folgen seines Verbrechens scharf auszumalen – das Zuchthaus, die Verachtung aller. Er machte seine Tat so schwarz wie nur möglich, verteidigte die Gesellschaft und ihre Sitten mit immer neuen Gründen – stellte sich selbst viel ärger hin als das Mädchen. Unbemerkt aber bogen seine Gedanken ab in neue und immer neue Bahnen, bis sie sich müde gelaufen hatten und zur Ruhe sanken. Und noch eine Weile später überraschte er sich dabei, dass er die vorbeigleitenden Telegrafenstangen zählte. Da entsetzte er sich über seine eigene Gleichgültigkeit; ein neuer nervöser Krampfanfall überfiel ihn, der Schweiß brach ihm aus allen Poren. Bald darauf meldete sich aber wieder die körperliche Ermüdung; in die Wagenecke zurückgelehnt, fiel er in Schlummer.

Er träumte.

Er saß mit den beiden Freunden zusammen und spielte Whist. Bei jedem Ausspielen setzte er gegen eine Mark der anderen einen Geldbrief – und gewann ununterbrochen. Der Bankbeamte sah ihn bewundernd an, der Arzt aber schaute spöttisch drein und sagte statt des Trumpfes »moral insanity« an. Und plötzlich war es nicht mehr das Privatzimmer des Arztes, sondern ein großer Saal mit einem Tisch in der Mitte. Der Arzt stand über den Tisch gebeugt und schnitt, eine Marschmelodie pfeifend, ein Kind in Stücke. Hansen war selbst auch dabei – als irgendetwas Unklares: Er schaute zu und ärgerte sich, dass der Doktor pfiff. Es handelte sich etwa darum, dass das Kind geöffnet gewesen sei und dass ein gewisser Betrag darin fehle. Er selbst war der Postmeister und betrachtete erbittert und mit gerunzelten Brauen den Sünder, der bleich und zitternd eine bebende Hand auf die Leiche legte und schwor, er sei – *schuldig*! Hansen fand, dies sei ein sonderbarer Eid, und wollte den Mann korrigieren. Im selben Augenblick aber rasselte der Wagen über Pflaster, und er erwachte.

Sie waren in Allinge. Er sprang hinaus, lief den Sandstrand entlang nach Sandvig und schräg hinauf über die Hügel zur Villa.

Der Großhändler war nicht daheim, er machte seinen Morgenspaziergang.

Verzweifelt stürzte der Assistent davon und schlug einen Fußweg ein, der durch eine Schlucht zum Meer hinunterführte. Der Großhändler musste am Wasser sein!

Auf halbem Weg blieb er stehen. Warum hatte er nicht gefragt, welchen Weg der Großhändler gegangen war? Über sich selbst fluchend, lief er zum Hotel zurück.

Der Großhändler gehe immer aufs Geratewohl.

Wieder stürzte er davon, lief und überlegte, lief und überlegte. Während er lief, sah er auf seine Uhr. Es war schon weit über die Bürozeit, man hatte ihn sicher vermisst und Argwohn geschöpft; vielleicht war man schon dabei, umherzutelegrafieren, auch nach Allinge! Er beschleunigte seinen Lauf.

Der hitzige Lauf erweckte in ihm instinktmäßig die Vorstellung, er würde verfolgt; ihm war, als käme man ihm ständig näher, als schnappten Bluthunde schon nach seinen Fersen. Seine Sehnen krampften sich nervös zusammen, seine Knie versagten. Er lief mit in die Seiten gepressten Ellbogen über Felsen mit mannshohem Gestrüpp. Seine Augen leuchteten wie die eines zu Tode gehetzten Tieres, und Verfolgungswahn war in sein Gesicht geprägt, wenn er sich voll Angst umschaute und atemlos lauschte. Während er dahinjagte, duckte er sich; die Schlauheit eines Wilden lag in seinen Bewegungen. Eine Fahrstraße kreuzte den Weg; er warf sich auf alle viere, kroch behutsam vorwärts, spähte die Straße hinauf und hinunter und setzte dann mit einem Sprung darüber weg.

Der Zweck seiner Flucht tauchte als Frage in seinen Gedanken auf; und er kam sich selbst entsetzlich blödsinnig vor. Es hatte ja gar keinen Sinn, zu laufen, bevor man wusste, ob wirklich jemand hinter einem her sei oder wo die Verfolger sich befänden; man könnte ihnen ja ebenso leicht in die Arme laufen, statt ihnen zu entgehen. Das Klügste wäre es, irgendeinen Schlupfwinkel ausfindig zu machen und ganz still darin sitzen zu bleiben … Aber der Großhändler! Seinetwegen war er doch unterwegs; ihn galt es vor allem ausfindig zu machen!

Er lief nicht mehr, sondern watete bedächtig durch kniehohes Heidekraut und zwischen kleinen hellgrünen Fichten hindurch. Er wollte auf einen Felsen klettern, der weite Aussicht bot, um von dort aus nach dem Großhändler zu spähen. Die tausendfältige kleine Lebenstätigkeit um ihn her und im Heidekraut zu seinen Füßen fesselte ihn und rief ihn zur Wachheit. Seine Sinne waren wie neugeboren; er meinte es in den Pflanzenstengeln knacken zu hören, wenn sie sich im Wachsen verlängerten; deutlich spürte er während des langsamen Schreitens, wie der von Fichte zu Fichte gespannte Faden eines Spinngewebes sich um sein Knie straffte. Eine Ameise stand auf den Hinterbeinen an der äußersten Spitze einer Fichtennadel und tastete in die Luft hinaus. Ein Vogelnest, tief in einer Fichte versteckt, barg ein grauflaumiges Bündel, und als sein Schatten über das Nest glitt, reckten sich sechs weit aufgesperrte Schnäbel empor – er fing die Zahl mit einem Blick auf. Ringsum in dem glitzernden Sonnenglanz über der Erde sah er das Funkeln und Blitzen von Millionen laufender Treibriemen und schnurrender Räder – das Gewimmel emsigen Fleißes in der großen Werkstatt des Lebens. Und zwischen alldem hörte er sich selber schluchzen.

Auf dem Felsen oben spürte er ganz deutlich den Geruch von Füchsen. Er blieb stehen, schaute sich um und grübelte darüber nach, welche Richtung der Großhändler wohl eingeschlagen hatte. Zu berechnen war es nicht, und doch musste es Gesetze geben, die auch solche Dinge bestimmten – alles ging ja nach Gesetz und Ordnung. Den Zufall entscheiden lassen? Er warf seinen Stock in die Luft: dick oder dünn? Das dicke Ende zeigte nach Norden, und er schlug diese Richtung ein; aber nach einigen Schritten blieb er stehen. Vielleicht steckte doch eine Hand hinter dem Zufall und hatte ihn gelenkt, eine Hand, die ihm gewiss nichts Gutes wollte – dann wäre es am besten, ihren Anschlag zu vernichten. Rasch machte er kehrt und lief südwärts. Er lächelte überlegen bei dem Gedanken an die Existenz einer solchen eingreifenden Macht, und dennoch beunruhigte ihn der Gedanke. Denn wenn es eine gäbe, dann hätte sie auch dies vorausgesehen, und er liefe nun ebenso unfehlbar in den Rachen des Verhängnisses. Und welche Richtung auch immer er einschlagen mochte, es blieb sich gleich. Denn es war ja alles vorausbestimmt …

Er blieb auf einem Fußweg stehen, konnte nicht zur Besinnung kommen und setzte sich auf einen Stein, das Gesicht tief in die Hände vergraben. Über seinen Rücken gingen Stöße und Zuckungen – er weinte. »Vater unser, der du bist im Himmel …« Mit einem Satz fuhr er hoch, presste die Hände an die Schläfe, starrte geistesabwesend wie in einen leeren Raum hinein. Da glaubte er unten in der Niederung über den Wacholderbüschen einen Hut auftauchen zu sehen; er lief weiter – sprang. Es löste sich auf, es war nichts, nichts! Er rannte rings um den Fleck, auf dem er es gesehen hatte, erwog, welcher Busch sich so geformt haben mochte, und lief zurück, um es noch einmal von oben zu sehen. Als er aber auf den Felsen hinaufkam, hatte er es vergessen und lief auf der anderen Seite wieder hinunter. Er kam an einem Hof vorbei und sah durch das offene Tor einen Mann in Hemdsärmeln, der Holz hackte und dazu sang:

>»Wärst du mein, du Spitzlerchlein,
>Schläge wären dir gewiss.«

Er nahm Worte und Melodie in der Schnelligkeit mit und lief im Takt des Liedes weiter. In seinem Kopf rührte sich kein Gedanke – nur etwas, was sich mechanisch bewegte und unablässig wiederholte, ein sinnloses, monotones Etwas.

Ein Frösteln durchfuhr ihn, und etwas in ihm suchte sich zur Klärung an das Licht zu drängen: ein Grauen, ein Bewusstsein seiner Schuld. Die Erkenntnis kämpfte im Namen der Selbsterhaltung, um das Gewissen in ihm wachzurufen. Aber er war wie ein Todmüder, der, mit den stärksten Namen gerufen, mühselig die Augen öffnet, durch die Wimpern hindurch das Nächste fern und dunkel gewahrt und wieder in Schlummer versinkt. Seine Seele lag im Sterben. Er versuchte sich zu erinnern, was es denn sei, das ihn quäle, konnte es aber nicht. Es war alles miteinander verschwunden. Er fühlte sein Gehirn bloß als großen, leeren Raum, der mit Watte gefüttert schien.

Er hatte den Großhändler vergessen und die Gefahr, hatte

vergessen, warum er lief, vergessen, dass er überhaupt existierte. Aber die Beine trugen ihn weiter im regelmäßigen, steten Tritt, aufwärts über steinige, sträucherbewachsene Felshänge, abwärts durch ein Moor, wo er bis zu den Knien einsank; dann auf der anderen Seite wieder hinauf und in großen Krümmungen um den Pfad herum in das Gebüsch, aus der hier sinnlosen Erfahrung heraus, dass es nicht anging, geradeaus zu laufen. Jede Fiber seines Körpers bis zu den Spitzen seiner Nägel war wie besessen vom Empfinden der Gefahr und half mit, ihn weiter zu tragen, ohne Überlegung, nur weiter.

Er erreichte die Höhe des Schlossfelsens, wo die Ruinen von Hammershus liegen. Ein Maler saß da oben und arbeitete. Hansen stellte sich hinter ihn und betrachtete abwechselnd Bild und Landschaft, mit zusammengekniffenen Augen stand er da, wie ein Kenner. Der Maler richtete sich von seiner Arbeit auf und schaute ihn an, der Assistent zog den Hut und entschuldigte sich wegen seiner Zudringlichkeit. Sie wechselten einige Redensarten, und der Maler nahm wieder seine Arbeit auf. Der Assistent blieb träg hinter ihm stehen; eine geraume Weile sprach keiner von den beiden. »Schöner Tag!«, sagte dann der Maler. »Fein!«, antwortete der Assistent, und sein Blick schweifte mechanisch hinaus, als ob er die Landschaft betrachte. Meeresstille gab es da, Lichteffekte und starke Farbwirkung. Während er mit seinem Absatz einen Löwenzahn zertrat, beendete sein Blick die Runde bei der roten Nase des Malers. Er – ist ein Trinker, glitt es automatisch durch den Rest seines Bewusstseins. Der Maler wurde nervös von dieser gähnenden Leere, die in Gestalt eines menschlichen Wesens neben ihm stand. Er lachte ein bisschen befangen. »Teufel noch mal«, sagte er forciert und trocknete sich pustend den Schweiß von der Stirne, »so viel Wasser und kein Tropfen Kognak!« Hansen nickte; er hatte nicht gehört, was der andere sagte.

Er horchte – in nervösem Zittern. Sein Körper lebte noch und kämpfte einen letzten Kampf um das Leben.

Unten von der anderen Seite, landeinwärts, klangen Rufe. Männer kletterten die Felsen empor, sie schrien und fuchtelten mit den Armen – man war da, ihn zu fangen.

Die Männer kamen über den Felsenrand empor und auf ihn zu. Der Assistent drückte lächelnd die Hand des Malers, seine Füße wankten einen Augenblick, als würde er umfallen. Dann richtete er sich auf und setzte in Sprüngen über den Felsengrat. Die Männer verfolgten ihn mit lautem Rufen; er erreichte den Rand, machte einen Sprung und verschwand. Ein Schrei ertönte, und als die Verfolger den Felsenrand erreichten, sahen sie ihn von Fels zu Fels fallen, tief unten auf die »Löwenköpfe« aufschlagen und in die See stürzen.

Einen Augenblick verschwand er, dann tauchte er auf und begann seewärts zu schwimmen. Hinter ihm bekam das blanke Wasser einen rötlichen Schimmer. Man löste ein Boot und ruderte ihm nach; er schwamm immer noch, den ganzen Körper unter Wasser und den Scheitel in gleicher Höhe mit dem Spiegel. In dem Augenblick, wo sie ihn ergriffen, starb er; und sein Körper machte auf der Ruderbank, auf die man ihn gebettet hatte, die letzten krampfhaften Schwimmstöße.

Zwei Brüder

Es war zur Zeit des Lachsfischfangs und der Herbststürme, und es herrschte finstere Nacht. Lars Kämpe saß im Cockpit und steuerte; sein Bruder Peter stand auf den Großbaum gestützt.

»Es liegt gut am Wind, Lars!«

»Na, gut!«

»Es ist tüchtig – das Boot!«

»Hm!«

»Lars!«

…

»*Lars!!*«

»Na, na!«

»Kann man sich durchtrotzen, Lars?«

»Hast du Furcht, Peter?«

»Furcht – ich! Wann hatte ich … Ich denke an den Jungen, Lars.«

»Lass die Toten ruhen, Peter!«

»Schon recht! Die weckt ein anderer – zur Verantwortung. Aber wenn er – wenn er nun nicht erlöst ist? Er hat so vieles versäumt, die Sonntagsschule, alles, hat so viel Dummheiten im Kopf gehabt.«

»Hör mal, Peter, der Junge ist gut aufgehoben, besser als du und ich – na, die See kam ziemlich quer! Ist die Persenning über der Luke? Der Junge ist in guten Klauen – Händen, wollt ich sagen. Du hast ihn beerdigt, die anderen haben ihm die Rettungsmedaille mit in den Sarg gegeben; der da droben – hol die Fockschot, Peter, wir fallen zu sehr ab –, der da droben muss für das Übrige sorgen.«

»Es war der Triebsand, der ihn genommen hat, Lars.«

»Unsinn! Der Strom unter dem Eis war es, und der Junge tat seine Pflicht.«

»Es gibt viele Arten Triebsand in der Welt, Lars.«

»Geh hinunter und leg dich ein bisschen lang, Peter.«

»Der Wind frischt auf. Kommst du allein durch?«

»Ich komm schon durch. Geh du nur in die Koje.«

»Gut – ich geh dann.«

»Dir ist nicht recht wohl, Peter.«

»Nicht recht, du.«

»Schau nach der Takelung, eh du hinuntergehst.«

»Jawohl.« …

»Lars!«

»Was denn?«

»Er sprach vom Triebsand gestern Abend, der Missionar!«

»Kann's mir denken.«

»Glaubst du, dass er vor dem Tod gebetet hat?«

»Jungen haben Besseres zu tun, Peter.«

»Wir zwei haben aber immer gebetet, wenn wir …«

»… sind aber nicht gestorben, um einen anderen zu retten!«

»Nicht Taten sind's, Bruder Lars, der Missionar sagt's selber.«

»Ach so.«

»Und er sagte auch, wer den Brotgeruch nicht vertragen kann, soll raus aus der Bäckerei. Glaubst du, dass er mich gemeint hat?«

»Warum zum Kuckuck sollte er dich meinen?«

»Ich schämte mich zu beten, ehe wir ausliefen; es waren so viele Leute auf der Mole.«

»Unsereins tritt doch nicht öffentlich auf.«

»Nun gut! Weckst du mich bald?«

»Geh nur, Peter, ich komme schon zurecht.«

Die Laterne baumelte vom Mast, trieb dickes, gelbes Licht in die Finsternis ringsum und warf einen matten Schein auf das Deck. Dahinter aber drängte das Dunkel heran, beugte sich vor und glotzte das kleine gedeckte Boot an, das verwegen und mit langen Sätzen den Steven in die Nacht jagte und es zwang beiseitezugehen. Unwillig machte es vorn Platz, rückte langsam in zwei Bogen nach hinten und schloss sich um den Achtersteven wieder zusammen. Und neue dunkle Massen türmten sich da vorn auf, hingen drohend über dem Fahrzeug – und glitten nach hinten.

Lars saß im Cockpit und spähte nach vorn, und sooft sich in der Dunkelheit etwas regte, lehnte er sich weit vor, um besser zu sehen, während seine Hand die Ruderpinne hin- und herschob, um die Brecher zu schneiden. So saß er eine gute Weile. Plötzlich legte er mit einem Ruck das Ruder um, und das Boot schob sich mit dem Steven schräg in einen Brecher.

Weiße Massen stiegen glänzend im Laternenschein hoch, fielen lärmend auf Deck und wurden zu Finsternis; rasch und unsichtbar strömte das Wasser mit einem langgedehnten Laut vom Deck ab. Die Laterne war erloschen.

Einen Augenblick dachte er daran, das Ruder festzuzurren und den Bruder zu rufen, gab es aber wieder auf. Der Mond würde bald aufgehen, und die Gefahr, übersegelt zu werden, war in diesem Fahrwasser ohnehin nicht groß. Er setzte sich im Cockpit zurecht und schnürte die Persenning fester um sich.

Gut war es, das Boot, soviel stand fest. Ob man sich durchtrotzen konnte – ja, da gab es kein Sich-Drücken, wollte man nicht, dass sich Wind und Wasser um die Trümmer rauften. Armer Bruder! Er war ganz zermürbt im Kopf, nicht mehr sich selber ähnlich. Zu viel hatte an ihm gerüttelt, der Verlust der Frau, der Verlust des Knaben, am meisten aber der Verkehr mit dem verschrobenen Missionar. Armer Bruder, es kam jetzt selten, zu selten vor, dass er sich schämte, in aller Beisein zu beten. Und dann kam hinterher immer die Reue und warf ihn zu Boden.

Das Boot stampfte sich seinen Weg durch das Dunkel, während die Gedanken mühselig durch Lars Kämpes unkompliziertes Hirn zogen. Es fiel nicht schwer, aus seinem Gesicht sein Leben herauszulesen; mit wenigen Strichen war es von dem Element gezeichnet, aus dem er sein Brot holte. Es blickte finster und unbeweglich, und sein Gemüt war eine trübe, unbewegliche Dämmerung mit nur einer Lichtquelle: der Liebe zum Bruder. Für Lars war viele Jahre hindurch nur das Leben gewesen, was er mit dem Bruder gemeinsam gelebt hatte. Außerdem gab es in seinem Geist nur noch einen Funken: irgendwo in ihm glühte ein Hass gegen alle Frömmigkeit, in welcher Form er ihr auch begegnete. Sonst war sein Inneres eine graue Masse von Gleichgültigkeit. Aber ein tüchtiger Seemann war er, der tüchtigste im Ort; und der mutigste auch, kraft dieser Gleichgültigkeit, die ihn keine Gefahr achten ließ.

Er hatte den Bruder niemals verstanden; in dem steckte so viel, was der schwerfällige Lars nie begreifen konnte: Beweglichkeit, Leichtsinn, starke Freude, starker Kummer, Grübelei. Aber er hatte sich niemals den Kopf darüber zerbrochen; er nahm Peter als den, der er war, den einzigen Bruder, und nannte das andere seine Wunderlichkeit. Oftmals in ihrem Zusammenleben hatte Peter sich vergangen, und jedes Mal war es für Lars überraschend gekommen. Er konnte zwar nie den Geisteszustand begreifen, der den Bruder zu diesen Vergehen geführt hatte, half ihm aber stets treulich über die Folgen hinweg.

Sie waren Zwillinge und hatten in einer kleinen Hütte an der Südspitze von Bornholm das Licht der Welt erblickt. Lars kroch zuerst in die Arena des Lebens, er tat es schweigend; Peter folgte ihm dicht auf den Fersen und schrie aus vollem Hals dazu.

Sie wuchsen heran.

Der Strand mit den Dünen wurde ihr erster Tummelplatz, die See ihr zweiter. Wenn es stürmte, sammelten sie Wrackgut längs des Strandes, bei Windstille stachen sie mit der Gabel Aale. Und frühzeitig halfen sie dem Vater Dorsche angeln und Netze auslegen.

Peter wurde ein bewegliches Gemüt, rasch mit dem Lachen, rasch mit dem Weinen bei der Hand, vergesslich. Bei Lars entwickelte sich ein träges Gleichgewicht, aus dem er nicht leicht zu bringen war. Starke Burschen wurden sie beide, und sie hielten stets zueinander.

In der Schule saß Lars gern unbeweglich, den Kopf in den Händen und die Ellbogen auf dem Tisch; Peter schnitzte Schiffe in die Tischplatte und ließ unablässig die Beine baumeln. Sie waren mäßig begabt, aber beim Lehrer gut angeschrieben – sie hielten mehr auf die Wahrheit als die anderen Knaben. Auf dem Spielplatz bekamen sie gemäß ihren Körperkräften freiwillig die Führerschaft zuerteilt, büßten sie aber durch unnatürliche Ehrlichkeit wieder ein.

Im Elternhaus war alles ein Flüstern. Die Eltern gehörten zu der Sekte, die auf Bornholm »Möllerianer« heißt, anderwärts aber unter dem Namen »Bornholmer« bekannt ist; sie sprachen nur wenig miteinander, und dann am liebsten in Bibelsprüchen. Niemals hörten die Kinder, dass sie sich zankten. Es lag etwas Gedämpftes über ihrem ganzen Leben; die Kinder hatten den Vater nie lachen hören, er lächelte bloß. Züchtigungen gab es nicht, aber im Blick des Vaters lag etwas, was Gehorsam erzwang. Dieses Etwas bewirkte auch, dass die Buben niemals »du« zu ihm sagten, sondern stets »Vater«. Sie durften keine Märchenbücher lesen, aber der Vater hielt das Kinderblatt und die »Botschaften vom Reiche der Gnaden«. Darin lasen sie jeden Tag, und danach sprach der

Vater zu ihnen vom Satan und vom Bösen in der Welt. Die Eltern hielten sie von anderen, nichterweckten Kindern fern; und wenn sie aus der Schule kamen und von einem Knaben erzählten, der in der Klasse Pfeife geraucht, mit Schneebällen eine Fensterscheibe eingeworfen oder sonst etwas Schlimmes verübt hatte, dann mussten sie niederknien und zum lieben Gott beten, er möge dieses Kind der Welt zu sich bekehren. Sie lernten, jeden Abend ihr Gebet zu sprechen, und erfuhren, dass es eine entsetzliche Sünde sei, das zu vergessen.

Sonntags gingen sie in die Sonntagsschule.

Da saßen große, ernste Männer, die ihre Arbeit auf der See oder hinter dem Pflug hatten, und sprachen zu ihnen vom ewigen Verderben und von Gottes unendlicher Güte zu seinen Lämmern. Wenn sie unruhig waren und nicht zuhörten, nahmen die Männer mit den harten Händen und den ernsten Augen sie zu sich und sprachen still auf sie ein. Und sie wurden ernst.

Frühzeitig grub ihnen die Frömmigkeit ihre Spur in die Seele. Sie waren nicht so rücksichtslos, wie gesunde Knaben sonst zu sein pflegen, sondern zeigten sich körperlichen Fehlern gegenüber schonungsvoll und schlossen sich nie der Schar an, die an dunklen Abenden mit dem Rufe »Jetzt kommt der Teufel!« an die Tür der blöden Kristine Kruse donnerte. Sie sprangen am Strand mit den Seen um die Wette wie andere Buben und schaukelten das neugefrorene Eis so gut wie einer, sagten es aber daheim, wenn sie nasse Füße bekommen hatten oder hineingeplumpst waren.

Das viele Reden von der Hölle und dem ewigen Verderben beeinflusste sie beide, wenn auch auf verschiedene Art. Peter standen die Haare zu Berge, er schüttelte sich vor Grauen und zog nervös die Beine unter sich auf den Stuhl, solange die Rede dauerte; im nächsten Augenblick war jedoch alles wieder vergessen.

Lars fiel es schwerer, das Fürchterliche zu fassen, aber auch, es zu vergessen. So träge sein Sinn im Empfangen war, auf die Dauer konnte er dieser unaufhörlichen Bearbeitung doch nicht widerstehen und hielt wie ein schlechter Leiter lange fest, was er einmal aufgenommen hatte. Der Ernst der Eltern, ihre Strenge im Urteil über andere, gestützt auf ihren eigenen, anscheinend makellosen Lebenswandel, die Lektüre, die Gebete, die Seufzer und die finsteren Mienen über jede noch so harmlose Heiterkeit, die nicht mit Gott in Verbindung stand – all das speicherte sich in ihm auf und brachte ein unnatürliches Element in seine kindliche Gedankenwelt.

Bisweilen packte ihn eine heftige Furcht, er könnte sterben, ohne Zeit zur Bekehrung gefunden zu haben, ohne erlöst zu werden. Mehr und mehr gewann diese Furcht Gewalt über ihn und wurde zu einer Art seelischer Hypochondrie. Man musste ja immer zum Sterben bereit sein – immer zum Sterben bereit sein – immer, denn der Tod kommt wie ein Dieb über Nacht. Das sagten seine Eltern täglich, das war der Kehrreim der Lieder in der Sonntagsschule! Um aber stets vorbereitet zu sein, musste er Gott immer in seinen Gedanken tragen; und das war schwer, denn er wusste ja nicht, wie Gott aussah. So bildete er sich denn sein eigenes Bild des Herrn: auf dem Rand einer dicken Wolke sitzend, in der einen Hand eine kugelrunde Sparbüchse, in der anderen einen Stock mit einem Knauf am Ende. Zu ihm betete er mit zusammengepressten Händen sein Vaterunser, wenn die Todesangst über ihn kam. Und die Angst kam oft, besonders wenn er von Kindern hörte, die gestorben waren.

So keimte in seinem Kindergemüt ein fast erwachsener Ernst auf und erstickte jede Frische. Er unterlag einer ungesunden Neigung zur Grübelei, weil die Furcht vor der Hölle und ihren Qualen, ihren ewigen, endlosen, unerträglichen Qualen, immer stärker in ihm wucherte. Er war ja so sündhaft, so entsetzlich sündhaft; das wusste er selbst, und Gott wusste es noch viel besser!

Eines Tages hörte er seine Eltern von einem Weib reden, das verfault war. Bei der großen Zehe hatte es angefangen und sich langsam nach oben ausgebreitet, bis es das Herz erreichte, und dann starb sie. Die Eltern sprachen in gedämpftem Ton von ihr, und der Vater sagte, sie ernte den Lohn ihrer Taten; sie sei ein Kind der Sünde gewesen. Die Mutter wandte ihre Augen gen Himmel, und beide seufzten. Lars wurde von dem Gedanken besessen, das Fürchterliche werde auch über ihn kommen, und viele Tage lang befand er sich Auge in Auge mit einem Tod, wie er das verbrecherische Weib heimgesucht hatte. Ein Kind der Sünde hatten sie sie genannt, das war er ja auch! Jeden Tag kniete er draußen zwischen den Dünen nieder und bat Gott, ihn leben zu lassen, bis er erlöst sei.

Der Knabe litt unter einem Grauen, und um den grimmigen Gott milder zu stimmen, machte er sich daran, das Testament von Anfang bis Ende auswendig zu lernen. Er lernte nicht leicht, und die Verse waren manchmal lang. Aber der Vater half ihm beim Überhören und ermunterte ihn; nur müsse er dessen eingedenk bleiben, dass selbst die besten menschlichen Handlungen sündhaft seien und der Barmherzigkeit Gottes bedürften.

Diese Worte nahmen ihm den einzigen Ausweg zur Sühne, und sein kindlicher Gedankengang rannte sich in dem Unbegreiflichen fest.

Die Eltern konnten übrigens seiner schweren Entwicklung nicht folgen; dazu waren sie zu einseitig und er zu verschlossen. Aber sie sahen von Zeit zu Zeit das Aufglimmen seiner Leiden und dankten Gott.

Peters Natur mit all ihrer Leichtbeweglichkeit und Flüchtigkeit lag ihnen näher und sprach sie mehr an – sie basierte auf derselben unbewussten Heuchelei wie ihre eigene. Er hatte niemals eine Ahnung, was die Eltern als böse, was sie als gut beurteilen würden, beobachtete aber ihr Mienenspiel, solange er sich zu Hause aufhielt, und ließ fünf gerade sein, sobald er ihnen aus den Augen war. Da handelte er stets nach seinen Eingebungen und machte ihnen häufiger Kummer als Lars. Aber ein ernstes Wort, ein vorwurfsvoller Blick genügte, ihn in überströmende Reue zu stürzen, und das behagte ihnen.

Eines Tages stand im Kinderblatt eine Erzählung von zwei Buben, die Brüder waren und in demselben Bett schliefen, oben auf dem Bodenraum, geradeso wie Lars und Peter. Die beiden Knaben vergaßen eines Abends, ihr Abendgebet zu sprechen. Peter vergaß das oft, sagte dann aber gewöhnlich: »Pfeif drauf, ich spreche morgen früh zwei!« Auch Lars vergaß mitunter zu beten oder schlief mitten im Beten ein; wenn er erwachte, war er froh, dass er nicht während der Nacht gestorben war. Nun aber kam es in der Geschichte so, dass die beiden Knaben auch erwachten; der eine kroch gleich aus dem Bett und kniete auf dem Boden nieder, der andere aber wollte nicht, weil es kalt war. Nachts träumte der, der nicht gebetet hatte, dass ein Engel gekommen und mit seinem Bruder fortgeflogen sei, und als er aufwachte, war der Bruder wahrhaftig tot, während er selber zur Strafe für seine Nachlässigkeit weiterleben musste.

Lars glaubte felsenfest an das Kinderblatt, aber diese Geschichte verwirrte ihn. Hier war ja der Tod eine Belohnung, die dem Wohlvorbereiteten zufiel!

An jenem Tag tat er etwas Seltsames.

Draußen hinter dem Haus war ein Brunnen ohne Einfassung. Etwa zwanzig Schritt von diesem Brunnen entfernt stellte er sich nachmittags, eine Binde vor den Augen, auf. Er wollte geradeswegs auf den Brunnen zugehen und sehen, ob ein Engel vom lieben Gott käme und ihn beiseite führte. Er ließ die Hausecke los und steuerte in gerader Linie vorwärts; nach den ersten zehn Schritten blieb er stehen, um dem Engel Zeit zu geben. Dann ging er weiter, bei jedem Schritt ein wenig innehaltend und wie zufällig mit der Fußspitze vor sich hin tastend. Der Engel aber kam nicht. Und plötzlich packte ihn wieder die Furcht vor dem Tod; er stand still und riss sich die Binde von den Augen. Dicht vor seinen Füßen gähnte der tiefe Brunnen. Entsetzt, die Augen starr auf die Brunnenöffnung gerichtet, zog er sich langsam und krampfhaft zurück. Dann wendete er sich mit einem Ruck um und flüchtete wie ein Verfolgter weit in die Dünen hinein.

Allmählich kam er zur Ruhe, und als er zwischen vierzehn und fünfzehn stand, waren die letzten Reste religiöser Möglichkeiten in ihm ertötet. Damit geriet aber auch sein ganzes Wesen ins Stocken; er war von Natur aus schwach begabt und versank nach und nach in einer nicht bloß religiösen, sondern allgemeinen Gleichgültigkeit. An seiner Kinderseele war eine Vergewaltigung begangen worden; allmählich verwand sie die Schmerzen, doch sie blieb unfruchtbar und ohne Reaktionsvermögen.

Peter war, dank seinem lebhaften Gemüt, das es ihm unmöglich machte, längere Zeit ernst zu bleiben, anscheinend weit unbeschädigter davongekommen. Er hatte sich nicht verändert, war immer ganz derselbe geblieben, nur in der Verstellung jetzt vielleicht etwas geschickter.

Sie wurden konfirmiert.

Ein Jahr lang halfen sie dem Vater. Dann heuerten sie auf demselben Schiff an, der eine als Koch, der andere als Jungmann.

In der ersten Zeit verhielten sie sich dem Kautabak, den Liedern, den Kraftausdrücken und groben Späßen ihrer Kameraden gegenüber misstrauisch; verlockender Mummenschanz des Satans, hörten sie gleichsam den Vater sagen.

Dann aber schloss Peter die Augen und sprang kopfüber in den Lebensstrudel hinein, und Lars folgte ihm zu seiner eigenen Überraschung. Sie empfanden es als eine Erfrischung, spülten den Druck der Heimat von sich ab und tummelten sich wilder und wilder in dem freien Element. An Bord wurde ihnen uneingeschränkt die Führerschaft übertragen; Peter war als Erfinder von immer neuen Streichen unbezahlbar, und Lars machte ohne Augenzwinkern mit. Oftmals schlugen sie über die Stränge, aber sie hatten breite Rücken, die Folgen zu tragen. Besonders verwendbar waren sie, wenn es beim Landgang in irgendeinem ausländischen Hafen mit den Einwohnern zur Balgerei um die Mädchen kam, so dass die Schenke geräumt werden musste. Lars konnte seinen Mann gegen ein Fensterkreuz setzen, dass Mann und Fenster im Rinnstein landeten, und Peter gab ihm darin nicht viel nach.

Immer waren sie beisammen. Einige Jahre machten sie Hochseefahrten, fingen am Kap Albatrosse und in der Nordsee Makrelen, segelten nach Südamerika, um Rotholz, und nach Grönland, um Kryolith zu laden.

Als sie etwa zehn Jahre hinter sich hatten, wollten sie versuchen hochzukommen und meldeten sich zur Aufnahme in die einheimische Steuermannsschule. Lars' Ansuchen wurde bewilligt, das von Peter nicht. Lars aber wollte sich nicht von dem Bruder trennen. Dies Jahr heuerten sie auf einer Bark aus Stavanger an, die mit Holz nach Le Havre segelte. Von Le Havre ging die Bark nach Hull, wo sie eine Ladung Kohlen für Malaga an Bord nahm; von Malaga sollte sie mit Olivenöl nach Hull zurück.

Auf der Reise von Hull hatten sie Gegenwind und mussten kreuzen; erst nach sechs Wochen erreichten sie die Nordwestspitze Spaniens. Dann aber kamen sie in die portugiesische Windströmung hinein, die sie in zwei Tagen und zwei Nächten um Spanien herum ins Mittelmeer brachte. Es war in den Vormittagsstunden, als sie Malaga mit dem Maurischen Kastell erblickten und die Lotsenflagge hissten. Boote kamen heraus, um zu handeln, unter anderen ein Boot mit Früchten; am Ruder saß ein dickes, schmutziges Weib. Die Matrosen verschlangen es mit den Augen – es war eine lange Reise gewesen. Endlich kamen das Lotsenboot und der Zollkreuzer; und nachmittags warpten sie sich in den Hafen hinein und vertäuten am Kai.

Auf dem Kai lagen dunkle, sonnengedörrte Schauerleute und schrien ihnen etwas zu, und Verkäufer mit Körben voll Obst, voll Apfelsinen und Mispeln auf dem Kopf schlenderten vorbei; auf den Pollern saßen Weiber, die nickten und gestikulierten. – Des Südens leichtes Leben, glühende Früchte, wohlfeile Liebe.

Um die Abendzeit kamen noch mehr Weiber, viele Weiber! Sie strichen den Kai entlang, blieben neben dem Schiff stehen und parlamentierten: Quiere, quiere? Es waren magere, elende, schmutzige Gestalten mit watschelndem Gang und schorfigem Haarboden; sie verkauften sich um zwei Schiffszwiebacke, schliefen auf einem zerfetzten Sack auf dem Hafenpflaster und machten ihre Morgentoilette auf den Hellingen. – Der Kapitän ließ das Schiff zwei Klafter vom Kai auswarpen.

Seeleute sehen im Allgemeinen nicht viel von der Welt, wenn sie auch noch so weit fahren. Sie sehen das Meer und den Himmel, aber nicht die Länder und das Leben. Sie kommen selten an Land; viele Orte haben überhaupt keinen Hafen, das Schiff liegt auf Reede und wird mithilfe von Booten gelöscht. Da ist der Landgang umständlich. Tagsüber ist zudem an Bord genug zu tun, und wenn sie eines Abends endlich Landurlaub erhalten, kommen sie selten über jene Reihen von zerlumpten, verhungerten Weibern hinaus.

Lars und Peter machten ihren Landgang miteinander. Sie umgingen glücklich die Sirenen und wanderten hinauf zu der hell erleuchteten, holzgepflasterten Hauptstraße. Es war um die Promenadenzeit, und glänzende schwarze Augen gab es genug; aber keine, die zwei einfachen Matrosen etwas zu sagen hatten. Stumm kamen sie auf den großen Platz. Aus einem Café drangen Kastagnettentöne heraus; drinnen tanzten geschminkte Mädchen mit kurzen Röcken Fandango. Die zwei Brüder kletterten auf den Beckenrand des Marktbrunnens und guckten eine Weile schwer atmend über die untere, mattierte Hälfte der Scheiben hinweg auf die tanzenden Schönheiten, die die Beine bis zur Decke warfen. Schweigend und träumend schlenderten sie weiter und gelangten in enge Gassen mit hohen Häusern. So enge Gassen hatten die beiden Brüder in ihrem Leben noch nie gesehen. Unten hatte gerade ein Fuhrwerk Platz, oben aber neigten die Häuserreihen sich derart einander zu, dass man leicht von Balkon zu Balkon hätte springen können. Peter stellte das in seiner Romeo-Stimmung sofort fest.

»Du, hier könnte man sein Gegenüber leicht besuchen«, sagte er.

Das Holztor eines Hauses stand offen, und sie blickten durch eine kunstvoll geschmiedete Gitterpforte in einen andalusischen Hof mit einem Springbrunnen in der Mitte und Säulengängen an allen vier Seiten. In dem Säulengang hing eine Ampel und warf rotes Zauberlicht auf dunkle Myrtenblätter. Unter dem vielversprechenden Jungfrauen-Symbol der Myrten saßen zwei junge Mädchen in weißen Kleidern. Peter blieb wie angenagelt stehen und betrachtete die zwei Gottesengel, Lars ging vor und rüttelte an der Gitterpforte. Eine fette Alte kam mit einem Schlüsselbund und ließ sie ein. Sie kamen öfter, und Peter verliebte sich sterblich in eines der Mädchen. Sie sprach englisch und war ein paar Jahre in Gibraltar verheiratet gewesen; ihr Mann war ihr aber davongelaufen. Wie es sich nun damit auch verhalten mochte, ein wunderhübsches Mädchen war sie doch.

Peters wachsende Leidenschaft für das Mädchen stimmte den Bruder bedenklich, und er versuchte, ihn, wenn sie Landgang hatten, zu anderen Mädchen zu führen. Peter aber wurde dann trotzig und unbändig.

Eines Morgens war Lars dabei, das Kajütdach zu waschen, während Peter den Regenwasserbehälter instand setzte. Landeinwärts donnerte es. Sie sprachen nicht miteinander; zum ersten Mal in ihrem Leben hatte es einen Auftritt zwischen ihnen gegeben – wegen des Mädchens aus Gibraltar. Peter hatte sich's in den Kopf gesetzt, sie zu heiraten; Lars war dagegen. Er war zu einfach in seiner Auffassung vom

Weibe, um das Mädel wegen seines Gewerbes zu verurteilen; es war nun einmal ihr Lebensbrot, sich an den, der kam, zu verkaufen; zog man sie aus ihrer jetzigen Welt heraus, dann war nichts mehr gegen sie einzuwenden. Aber sie meinte es mit Peter und ihren Gelöbnissen nicht ernst, und darauf kam es Lars an. Ein englischer Kapitän schien hier Stammgast zu sein.

Der Bote des Maklers kam über den Hafenplatz gesprungen, kletterte über die Reling und lieferte dem Steuermann Briefe und Zeitungen ab. Auch für die Brüder war ein Brief dabei; Lars machte ihn auf. Peter guckte ihm über die Schulter. Der Brief war von daheim, geschrieben von dem frommen Nachbarn, dem Schuster, diktiert von der Mutter: Sie lag zu Bett mit zerschnittenem Handgelenk, der Vater aber war heimgegangen zu der goldgepflasterten Davidstadt, der Wohnstätte der Seligen. Es war so seltsam gekommen, Gott in seiner unerforschlichen Weisheit hatte es so gewollt. Am Vormittag war eine fromme Versammlung gewesen, der Schuster hatte geredet, worauf der Vater ein starkes Zeugnis ablegte. Nach dem Gottesdienst hatte er sich schweigend verhalten, am Nachmittag aber hob er an, zu seinem Weibe zu sprechen, wunderschöne Worte vom rasenden Sturmlauf des Teufels gegen das Gottesreich, von der Gewalt des Herrn und der äußersten Finsternis der Hölle. Vieles hatte er dann gesprochen, was sie nicht verstand; er sank für eine Weile zusammen, fuhr dann wieder auf mit einem wunderlichen Ausdruck, knirschte mit den Zähnen und rang mit bösen Geistern, die nur er sehen konnte. Er geriet in Streit mit dem

Versucher selbst und zog sein Messer, hielt zuerst die Frau für den Bösen, schnitt ihr ins Handgelenk und kehrte dann das Messer gegen sich selbst. Sie rief um Hilfe, und als man anlangte, lag er mit durchgeschnittener Kehle am Boden. Kurz danach starb er, den Namen des himmlischen Vaters röchelnd.

Lars war in jene graue, kalte Erstarrung hineingeglitten, die bei ihm die Stelle starker Gemütsbewegungen vertrat. Er hatte die Empfindung, dass er trauern müsse, und war ob seiner Gleichgültigkeit verlegen. Scheu blickte er nach dem Bruder, der rittlings auf der Wassertonne saß und ein ums andere Mal sein Dolchmesser in sie hineinhieb. In seinen Augen leuchteten wilde Blitze auf und verschwanden, kamen und gingen, und eine Weile meinte Lars dasselbe Zwingende in seinem Blick zu erkennen, das auch der Vater gehabt hatte. Plötzlich aber erschlaffte er und fuhr sich abwehrend mit der Hand über die Stirn. »Der Teufel«, stöhnte er und begrub sein Gesicht in den Händen.

»Unsinn!«, erklärte Lars. »Bloß die Laienprediger, einzig und allein die Laienprediger!« Er legte die Hand beruhigend auf Peters Schulter, zog sie aber rasch zurück, als dieser bei der Berührung heftig zu zittern anfing.

Als Lars etwas später in die Mannschaftskajüte hinunterkam, saß Peter mit dem aufgeschlagenen Missionsliederbuch da und sang ein Lied aus ihrer Sonntagsschulzeit:

»Willst du nicht gern den Himmel gewinnen,
Selig erlöst, eh die Jahre verrinnen?
Häng an dem Herrn mit brünstigen Sinnen,
Dieweil du noch jung, dieweil du noch jung!«

Das Liederbuch war während all der Jahre auf See nicht benutzt worden.

Lars fühlte deutlich, wie der Dämon seiner eigenen Kindheit grinsend den Kopf vorstreckte und dem Bruder die Zunge zeigte. Er nahm ihm das Liederbuch sanft aus der Hand und schützte eine Arbeit vor, bei der er des Bruders Beistand brauche. Nachher trank er Wein mit ihm, bis er ihn wieder in übermütig lustige Stimmung gebracht hatte. Abends waren sie beim Landgang an der Reihe, und er führte ihn selbst zu dem Mädchen. Nur vergessen sollte er, das andere würde schon irgendwie in Ordnung kommen! Peter war wieder der alte. Er saß glückstrahlend unter den Myrten und verabredete mit seiner Liebsten, sie solle nach dem Norden fahren, nach Hamburg. Er würde dann in Hull abmustern, sie in Hamburg treffen und nach Bornholm führen, wo sie heiraten könnten. Sie schmiegte sich an ihn und flüsterte ihm ins Ohr, wie wunderbar das sein würde; nur aus diesen eklen Verhältnissen hier heraus und weit fort in ein fremdes Land, wo niemand sie kenne als er und sein lieber, guter Bruder. Aber Geld würde es ja kosten, sie hätte bei ihrer Wirtin Schulden – für weiße Kleider und so! Peter riet ihr, mit der Schuld durchzugehen, aber dem widersetzte sie sich auf das Bestimmteste. So musste er dafür und für die weite Reise aufkommen, und als sein Geld nicht reichte, legte Lars den Rest hinzu.

Das Schiff lag zur Abfahrt bereit, man wartete nur auf den Lotsen, um loszuwerfen. Peter bekam vom Kapitän die Erlaubnis, noch schnell um ein Paar Schuhe zu einem Schiffshändler zu laufen.

Der Lotse kam an Bord, Peter aber kehrte nicht zurück. Man wartete eine volle Stunde auf ihn; der Kapitän fluchte, er hatte keinen Mann zu viel. Für Lars war das eine böse Überraschung; während er mit den Segeln hantierte, spähte er unruhig nach der Stadt. War der Bruder dabei, eine neue Volte zu schlagen, oder war es Zufall? Bis zum letzten Augenblick hoffte er, Peter heranstürzen zu sehen. Doch das Schiff glitt aus dem Hafen, ohne dass er sich sehen ließ. Es war ein Schlag, der Lars furchtbar schwer traf. Er war früher nie in die Lage gekommen, sich klarmachen zu müssen, wie sehr er an dem Bruder hing. Nun wusste er es und wusste auch, dass er ihn im fremden Land nicht im Stich lassen konnte.

Malaga war unter den Horizont getaucht, die Sonne hinter den Bergen zur Ruhe gegangen, die Dunkelheit brach herein. Lars legte sich schlafen, von zwölf bis vier hatte er Wache – die sogenannte Hundewache. Als er um Mitternacht geweckt wurde und die Wache übernahm, fuhr das Schiff in die Straße von Gibraltar ein. Der Wind war günstig, aber der Strom treibt hier immer einwärts; sie hielten sich nahe dem Felsen, wo der Strom nicht so kräftig ist wie mitten im Fahrwasser. Darauf hatte Lars gerechnet.

Eine kleine Viertelmeile vor dem Felsen hörte der Rudergänger vorn ein Plätschern und sah, dass Lars von der Back, wo er auf Auslug stand, verschwunden war. Er rief sein »Mann über Bord«, und alle wurden aufgepurrt. Der Kapitän fluchte und kommandierte, sie legten das Ruder um und machten sich an den Segeln zu schaffen; als das Schiff zum Stehen gebracht worden war, hatte man sich aber schon weit von der Stelle entfernt, wo Lars über Bord gesprungen war. Ein Boot ins Wasser zu setzen und den Flüchtling zu verfolgen, ihn gegebenenfalls totzuschießen, wäre das einzig Richtige gewesen, doch der günstige Wind musste genutzt werden, um durch die Straße zu kommen. So begnügte man sich schließlich mit einem Vermerk im Schiffsjournal, und der Kurs wurde wiederaufgenommen.

Lars' erste Arbeit im Wasser war, alle überflüssigen Kleidungsstücke loszuwerden. Es war eine Leichtigkeit, die Teerjacke und den weiten Überrock abzustreifen, etwas schwieriger ging es schon mit den schweren Wasserstiefeln. Nachdem er alles glücklich vollbracht hatte, wälzte er sich ausgelassen in den Wellen, tauchte ein paarmal unter, schoss schnell immer wieder aus den Wellen empor wie ein Seehund und schlug dann die Richtung zur Festung ein. Der Strom versetzte ihn ostwärts, und er brauchte mehr als eine Stunde, ehe er am Fuß des unersteigbaren Felsens anlangte. Er kroch und schwamm um ihn herum, stahl sich auf der kleinen Landzunge, die Gibraltar mit Spanien verbindet, an der Wache vorbei und machte sich dann auf den Weg nach Malaga. Tagsüber verbarg er sich, um nicht von den spanischen Gendarmen geschnappt zu werden, nachts wanderte er. Er lebte von Trauben und Früchten, die er sich von den Bauern holte. Nach dreitägiger Wanderung kam er in Malaga an und fand nach einigem Suchen seinen Bruder in einem englischen Missionsheim.

Peter war es nicht besonders gut gegangen. Nachdem er von einem Versteck aus das Schiff hatte in See stechen sehen, suchte er sein Mädchen auf. Sie wollte ihn aber nicht einlassen – der englische Kapitän war da. Peter hatte sich dann den Zutritt erzwungen und den dicken Kapitän verprügelt, als der ihn hinauswerfen wollte. Am nächsten Tag war der Kapitän abgesegelt und hatte das Mädchen mitgenommen. Peter war aus dem Häuschen geraten, er betrank sich in Gesellschaft einiger schwarzer Hafenarbeiter und band mit der Polizei an. Als er eingesperrt werden sollte, legte sich ein englischer Seemannsmissionar ins Mittel und brachte ihn in das Seemannsheim. Dort saß er, als Lars kam, und wurde von einem hektischen jungen Mann mit einer Brille, krausem Bart und Löwenmähne in der Offenbarung Johannis unterwiesen. Dies gefiel Lars am wenigsten von allem; zwischen den beiden sah er deutlich den Dämon seiner Kindheit mit herausgestreckter Zunge hocken.

Mit Mühe befreite er den Bruder aus den Klauen des Missionars, und sie heuerten auf einem deutschen Schiff an, das nach Stettin fuhr. Von dort aus zogen sie heim. Der Langfahrt müde, ließen sie sich in Rønne nieder, kauften sich für ihre Sparpfennige Boot und Gerät und verlegten sich aufs Fischen. Sie wohnten beisammen und nahmen auch die Mutter zu sich. Später verheiratete sich Peter mit einem älteren Mädchen, das einige Tausende hatte, und die Brüder kauften ein gedecktes Boot und fuhren mit Lachsen nach Deutschland.

Wiederholt zeigten sich bei Peter Zeichen auftauchender Frömmigkeit von jener Art, die Lars so gut kannte. Er bekämpfte sie, soviel es in seiner Macht stand.

Nach ein paar Jahren gebar Peters Frau einen Knaben. Sie stand zu früh vom Kindbett auf, musste sich wieder legen und starb nach schwerer Krankheit.

Damit erhielt Peters »Weltlichkeit« den letzten Rest; er erschien in allen frommen Versammlungen und begann im Verhalten zu seinem Sohn stark dem Vater nachzuarten. Lars fühlte instinktiv, wie sich seine eigene Kindheitsgeschichte in der des Knaben wiederholen wollte, und in der Stille arbeitete er dem Bruder entgegen, lehrte den Jungen vom Bootsmast aus den Kopfsprung zu machen und achtzehn Fuß tief zu tauchen. Das harmonierte mit der Anlage des Knaben, und während Peter mehr und mehr ein Kind der Welt in ihm sah, nannte die ganze Stadt ihn einen Mordskerl. Er konnte eine halbe Meile schwimmen, ohne zu ermüden. – Und als er zwölf Jahre alt war, ertrank er bei dem Versuch, ein unter das Eis geratenes Mädchen zu retten. Die ganze Stadt flaggte.

Mit Peter aber war es vorbei; seine Religiosität entwickelte sich rasch von der Krankhaftigkeit zur offenbaren Verrücktheit. Für gewöhnlich äußerte sich das darin, dass er fortwährend seufzte, betete und die Augen gen Himmel drehte. Lars hatte jeden Versuch aufgegeben, ihm Vernunft beizubringen, und war froh, wenn er sich selbst die Frömmigkeit des Bruders vom Leibe zu halten vermochte; ging die doch so weit, dass Peter niederkniete, um für ihn zu beten. Lars stand den Anfällen des Bruders hilflos gegenüber, aber seine Liebe zu ihm blieb gleich groß, und er ging so behutsam wie möglich mit ihm um.

Bisweilen verlor Peter jeden Rest von Selbstkritik, und dann bildete er sich ein, der Junge sei zur Hölle gefahren. Er lief dann in alle frommen Versammlungen, auch in die der Baptisten und der Heilsarmee, und stand während seiner Anfälle auf und predigte. Und die Brüder der Gemeinde sagten, Gottes Geist rede aus ihm.

So lagen die Dinge am Anfang dieser Erzählung.

Einige Stunden waren verstrichen, und der Mond leuchtete schon schwach am Horizont. Aber die Wellen gingen hoch, der Sturm machte Lars zu schaffen, und die Finsternis lag noch dicht um das Boot.

Lars begann müde zu werden; es war eine harte Arbeit, in solchem Wetter zu steuern. Er sehnte sich danach, dass der Bruder heraufkomme, und überlegte sich, ob er ihn nicht rufen solle.

Da meinte er, die Luke vorn knarren zu hören, und sah den dunklen Umriss des Bruders langsam an Deck steigen und sich vor dem immer heller werdenden Himmel abzeichnen. Langsam kam er nach hinten, und Lars wollte ihn eben fragen, wie es ihm gehe, als er schräg seitwärts ging, gerade in die See hinaus.

Ein eiskalter Schauder überlief Lars. »Peter!«, brüllte er, »Peter!«, und beugte sich weit über Bord und griff in das Dunkel hinein. Aber das Boot schoss rasch vorwärts. Er warf das Steuer hart herum, wendete wieder und wieder, schrie angstvoll des Bruders Namen und starrte wie wahnsinnig auf jeden Fleck, der sich in der Dunkelheit zeigte. Dann zurrte er das Ruder fest, sprang auf und barg die Segel; das Boot lag still und schwankte im Wasser, er rief und starrte, rief und starrte, mehr als eine Stunde lang. Plötzlich gluckste es unter dem Vordersteven. Er sprang hin, kniete neben dem Bugspriet nieder, streckte die Hand aus und sprach liebevolle Worte ins Wasser, als locke er einen Schwan. In dieser Stellung verfiel er in Gedanken, lag und starrte, ohne zu sehen, bewegte die Lippen, ohne zu sprechen, gewahrte dann plötzlich am Heck den schwarzen Kamm einer Welle, hielt ihn für den Kopf seines Bruders, war mit einem Satz dort und griff ins Wasser.

So traf ihn der Tag.

Da erwachte er zur Erkenntnis. Langsam überkroch ihn das Grausige des Ereignisses, er sah das Geschehene in all seiner entsetzlichen Unabänderlichkeit. Sein Gesicht wurde hart wie ein Fluch. Aber nur für eine Weile. Dann erschlafften Blick und Ausdruck, er kroch ins Cockpit zurück und nahm seinen Kurs von Neuem auf.

Als das Boot am Vormittag in den deutschen Hafen einlief, erblickte man gegen alle Gewohnheit nur Lars Kämpe an Deck. Er saß im Cockpit und steuerte mechanisch, sah sonderbar zerstreut aus und antwortete nicht, als man ihn anrief.

Dann begriff man, was geschehen war, und die Ladung wurde in aller Stille gelöscht, während Lars Kämpe im Cockpit sitzen blieb und den Leuten gleichgültig mit den Augen folgte. Das wurde seine letzte Fahrt mit Lachsen nach Deutschland.

Von nun an hieß er nur noch der verrückte Lars Kämpe. Er wohnte allein in seinem Haus, niemand kochte ihm das Essen, niemand versah ihm das Hauswesen; er bastelte sich selber alles zurecht. Die Leute waren sehr damit beschäftigt, wie es wohl bei ihm aussähe, aber keiner wagte sich zu ihm hinein: man begnügte sich mit Mutmaßungen. Die Kinder glaubten, er läge nachts mit einer großen Schafschere hinter der Dachluke und lauere auf den Teufel; eine Nachbarin wollte wissen, dass er ungeschälte Kartoffeln und Fische zusammen in einem Topf kochte – sie hatte ihn eines Tages herauskommen und das Wasser aus dem Topf schütten sehen; ernsthafte Männer waren der Ansicht, er werde sich eines schönen Tages ein Leid antun. Wovon er lebte, wusste niemand so recht; allein er fiel der Stadt nicht zur Last, und damit gab man sich zufrieden.

Bedürfnisse hatte er nicht viele. Von Zeit zu Zeit fuhr er in einer kleinen, verquollenen Jolle, die herrenlos im Bootshafen lag, hinaus und angelte Dorsche. Ein andermal nahm er Teereimer und Teerquast und teerte unaufgefordert das Fachwerk fremder Häuser. Man fand sich darein und gab ihm ein paar Schillinge. Sonst saß er gern auf der Bank am Kirchenhügel, rauchte seine Stummelpfeife und starrte auf die See hinaus. Wenn alte Kameraden sich an seiner Seite niederließen und ihn ansprachen, kam ein listiger Ausdruck in seinen Blick, und er antwortete mit einem trockenen, glucksenden Lachen. Fuhren sie aber zu lange fort mit dem Reden, so verwandelte sich seine verschmitzte Freundlichkeit in Unbehagen, und sein Glucksen schlug in ein scheltendes Brummen um. Dann fanden sie es an der Zeit zu gehen. Einen Hafenarbeiter, der seinen Spaß mit ihm trieb und nicht beizeiten damit aufhörte, warf er zu Boden und bearbeitete seinen Bauch so mit Fußtritten, dass der Kerl lange krank lag. In Verbindung damit wurde der Plan erörtert, den tollen Lars Kämpe in eine Anstalt zu stecken. Aber das kostete – und die Leute konnten ihn ja in Ruhe lassen.

Oft stand er am Ende der Straße, die Hände tief in den Taschen vergraben, und betrachtete vorbeigehende Damen mit einem Grinsen und einem Ausdruck, als wüsste er etwas von ihnen, was laut zu sagen er sich wohl hüte. Sie beschleunigten ihren Schritt, oft tief errötend, und er folgte ihnen mit seinem gewohnten trockenen, glucksenden Lachen die Straße hinunter bis zu einer bestimmten Stelle, nahm dann seine Holzschuhe in die Hand und lief zu seinem Ausgangspunkt zurück, um die nächste abzuwarten. Er fühlte sich instinktiv von den »Heiligen« angezogen, besuchte alle ihre Versammlungen und saß da und grinste, während sie mit hängenden Köpfen und aufwärts schielenden Augen ihre fanatischen Lieder sangen. Sie wiesen ihn nicht fort, sondern schlossen ihn in ihre Gebete ein und flehten zu Gott, er möge seinen Geist erleuchten, auf dass auch er, wie sein Bruder, den Weg zum Leben finde.

Ging man an pechfinsteren Herbstabenden an seinem Haus vorbei, so sah man fast immer in der Türöffnung das Glimmen seiner Pfeife und hörte ihn wunderliche Dinge in die Dunkelheit rufen. Blieb man stehen, zog er sich zurück. Wenn man weiterging, wurde er mutig und folgte einem in einiger Entfernung. Fuhren Bauern durch seine Straße, kam er sofort heraus und beschimpfte sie. Bornholmer Bauern sind fast immer in Kampfstimmung – sie hielten in der Regel die Pferde an, und dann gab ein Wort das andere. Schließlich kam der Kaufmann von gegenüber und raunte ihnen ins Ohr, dass der Mann verrückt sei; dann peitschten sie ihre Pferde mit verlegenem Ausdruck und einem kräftigen Fluch.

Sein Wahnsinn wechselte mit der Witterung und folgte dieser in den Hauptzügen. An sonnigen Tagen war er ziemlich umgänglich; stürmte es, so wurde er böse. Wenn die Herbststürme einsetzten, schien des Bruders Andenken sein umschleiertes Bewusstsein zu berühren. Er hielt sich dann stets im Hause auf, und die Leute von gegenüber sahen, wie er Stunde um Stunde auf dem Tisch saß und segelte. Er hatte ein Loch in den Tisch gebohrt, einen Stock als Mast aufgestellt und Fetzen daran gehängt; da saß er, ein Bein zu jeder Seite des Mastes, zog an allerhand Leinen, hatte hinten einen Stock als Steuerruder, umfasste ihn mit festem Griff und beugte sich spähend vor, als starre er in dichtes Dunkel hinein. Er manövrierte gegen eingebildete Seen, griff weit über die Tischkante hinaus, rief des Bruders Namen und lachte, dass es durch das Haus gellte. Draußen im Garten hatte er eine Grube gegraben, die füllte er zuweilen mit Wasser aus dem Brunnen, trug den Tisch ins Wasser hinaus und segelte dann dort. Die Nachbarn hatten ihren Spaß daran.

So vergingen einige Jahre. Sein Zustand schien sich weder zum Besseren noch zum Schlechteren zu wenden, aber die Leute dachten nicht mehr daran, ihn in die Anstalt zu schicken. Er war ein notwendiger Luxusgegenstand für sie geworden.

Da kam derselbe Missionar, der so wesentlich dazu beigetragen hatte, Peter um den Verstand zu bringen, auf einer Rundreise wieder nach der Insel. Seine Aufgabe war, die schon Geworbenen in ihrem guten Wandel zu bestärken und dem Gottesreich neue Anhänger zu gewinnen; um größere Beute zu machen, hatte er im Voraus das Gerücht verbreiten lassen, das Jüngste Gericht stehe vor der Tür. Um die Zeit, auf die die Versammlung anberaumt war, sah man Frauen aller Altersstufen und Stände zum Missionsgebäude strömen. Sie drängten sich in die vordersten Bänke, um dem Gottesmann möglichst nahe zu sein. Nur auf der ersten Bank wollte keine von ihnen Platz nehmen, denn da saß Lars Kämpe, glucksend wie gewöhnlich. Es kamen auch viele Männer; die meisten mussten im Hintergrund stehen bleiben oder sich auf den Balkon setzen, denn der ganze Saal war mit Frauen angefüllt.

Der verrückte Lars Kämpe saß mit seinem idiotischen Grinsen da, die Weiberschar wiegte sich mit verzücktem Ausdruck hin und her und sang den letzten Vers:

> *»Lebest du, lebst du das Leben,*
> *Wie Gott der Herr es gegeben?*
> *Steht dein Name im Himmelssaal?*
> *Wohnest in Gottes Reiche du?*
> *Ach, ich frage noch einmal:*
> *Lebest du?«*

Die kleine Orgel schwieg, aber die Weiber hielten den letzten Ton liebkosend fest und zogen ihn in die Länge. Dann fielen sie, eine nach der anderen, ungern und widerstrebend ab.

Der Gottesmann stand am Rednerpult, mit aufwärts gerichtetem Gesicht und schmutzigem Kragen.

»Es muss ja Ärgernis kommen, doch wehe dem Menschen, durch welchen Ärgernis kommt!

Viele sind ihrer, die bei Gott Ärgernis erregen. Es sind da die ›Weiber‹ – alle die halben, die lauen unter uns. Sie möchten gern mit einem Bein in dieser Welt, mit dem andern im Himmel stehen – eine höchst unanständige Stellung! Wenn aber das Weltgericht kommt und der Himmel weit von der sündigen Erde abrückt, dann werden sie der Länge nach gespalten werden. Dann sind da die Sünder! Sie sind doch besser als jene, denn in ihnen täuscht sich niemand. Sie wüten gegen den Himmel und jagen wie von der Geilheit gepeitschte Hunde den Verlockungen dieser Welt nach. Sie werden aber finden, dass es schwer ist, wider den Stachel zu löcken. Betrüger, Räuber, Meineidige; wann werden sie einsehen, dass just sie es sind, sie allein, nach denen Gott

48,00 € (D) | 49,40 € (A) | 978-3-8477-0478-2

»Wenn mich einer fragte, wohin ich gehöre, ich würde antworten: Eine jüdische Mutter hat mich geboren, Deutschland hat mich genährt, Europa mich gebildet, meine Heimat ist die Erde, die Welt mein Vaterland.«

ERNST TOLLER

Nummeriert und limitiert Band 469 Januar 2024

Das Porträt einer Generation und ein packendes Stück deutscher Geschichte

In seinem aufrichtigen, lakonisch erzählten Buch beschreibt Ernst Toller die ersten dreißig Jahre seines Lebens – ein Klassiker der autobiographischen Literatur und ein Schlüsseltext des 20. Jahrhunderts.

Mehr erfahren

978-3-8477-2055-3

»Große, höchst wirkungsvolle Literatur.« RADIO EINS

978-3-8477-2054-6

»Asserate hat sich eine Kenntnis Deutschlands und aller seiner Regionen und Milieus erworben, die selbst Deutsche in Staunen versetzt.« FAZ

»Wir drucken nur Bücher, die wir selber lesen möchten.«

HANS MAGNUS ENZENSBERGER UND FRANZ GRENO

Sämtliche Originalausgaben und alle lieferbaren Titel auf einen Blick

Die Kometennachrichten – der Andere literarische Newsletter

978-3-8477-0023-4

»Was für ein Glück, dass an diese schöpferischen Frauen endlich erinnert wird. Arno Lücker verdient Dank und Respekt für diese großartigen Ausgrabungen.«
ELKE HEIDENREICH

Nummeriert und limitiert Band 474 Juni 2024

48,00 € (D) | 49,40 € (A) | 978-3-8477-0479-9

**THEA STERNHEIM
DIE PARISER JAHRE**
AUS DEN TAGEBÜCHERN 1932–1963

Die Andere Bibliothek

Die un-bestechliche Chronistin der Welt des blutigen 20. Jahrhunderts

Begegnungen mit Persönlichkeiten wie Gottfried Benn, Pablo Picasso, Max Ernst und André Gide. Der Kampf um Selbstbestimmung und die Suche nach geistiger Orientierung. Hellsichtig beobachtet Thea Sternheim die Zeitläufte und hält politische Katastrophen wie persönliche Triumphe in ihrem Tagebuch fest.

Mehr erfahren

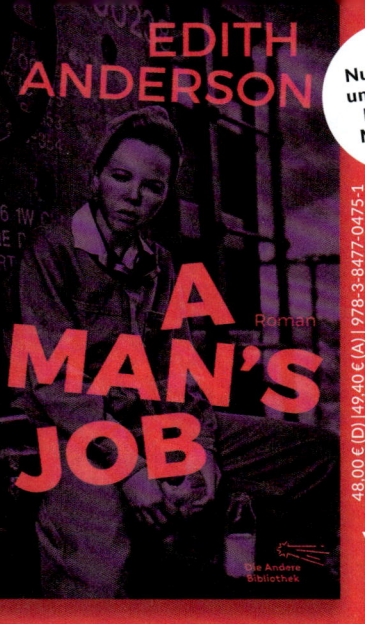

Nummeriert und limitiert
Band 471
März 2024

»»Du bist ungeheuer witzig‹, sagte er und kletterte herunter, ›aber in einem Männerjob hast du nichts zu suchen.‹ – ›Was heißt schon Männerjob!‹««

Wiederentdeckung einer unbeugsamen Autorin

Diese erstaunliche Geschichte über die Frauen, die während des Zweiten Weltkrieges die Jobs der Männer übernehmen, um das gesellschaftliche Leben aufrechtzuerhalten, basiert auf wahren Hintergründen – die Autorin selbst war eine von ihnen. Worauf beruht die uralte Vorstellung von der Überlegenheit der Männer?, fragen sich die jungen Frauen hier am Bahnhof von Port Empire, New Jersey, USA. Anstelle der abwesenden Soldaten sind sie es, die den Eisenbahnverkehr am Laufen halten – gegen massive Widerstände. Mit einem Essay von Carolin Würfel.

Mehr erfahren

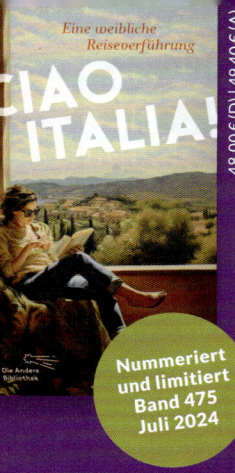

48,00 € (D) | 49,40 € (A)
978-3-8477-0473-7

Eine zeitgemäße Neuinterpretation des Dolce Vita – eine vielstimmige weibliche Reiseverführung

Italien fasziniert seit jeher, viele Schriftsteller haben ihre Eindrücke von Land und Leuten zum Besten gegeben, allen voran Goethe. Doch wie klingt es, wenn einmal nicht die Männer, sondern die Frauen zu Wort kommen? Welche Geschichten rücken mit Florence Nightingale, Mary Shelley und Ingeborg Bachmann in den Vordergrund, wie verändert sich der viel beschworene Sehnsuchtsort? Entdecken Sie Italien neu – aus weiblicher Sicht.

Nummeriert und limitiert Band 475 Juli 2024

 Mehr erfahren

Die legendäre Welt des Jean Giraud alias Moebius

28,00 € (D) | 28,80 € (A) | 978-3-8477-2044-7

Wer ist Moebius? Schwer zu sagen. Mit seiner Identität hat dieser Künstler ein virtuoses Doppelspiel getrieben. Aus einem unerschöpflichen Archiv einer vierzigjährigen Produktion hat Andreas Platthaus für diesen Band wählen können. All seinen Figuren begegnet Moebius in einer autobiographischen Bildgeschichte, die hier als Extradruck endlich wieder zugänglich gemacht wird.

Extradruck Bereits erschienen

 Mehr erfahren

Mehr erfahren

Mehr als nur ein Abo – Monat für Monat ein bestes Buch
Sie sparen im Abonnement 60 Euro pro Jahr.

Unser Probeabonnement mit einer Laufzeit von drei Monaten
Das Abonnement endet automatisch mit Lieferung des dritten Bandes, wenn Sie es nicht verlängern.

Das Geschenkabo
Die Andere Geschenkidee – Sie können ganzjährig beginnen.

Wenden Sie sich an Ihre Buchhandlung:

gesandt! Aber auch in ihrer Verworfenheit müssen sie dem Gottesreich dienen, denn Gott verkehrt das Böse in Gutes, und diese elenden Sünder müssen den wirklich Gläubigen als warnendes Beispiel vor Augen stehen, auf dass sie niemals vom Pfade der Seligkeit abirren.«

Das stereotype Grinsen war von Lars Kämpes Gesicht verschwunden; seine schlaffe Miene machte während der Rede den Eindruck, als kämpfe er um eine Erinnerung, die auf der Schwelle des Erwachens lag, sie aber nicht überschreiten konnte. Seine Augen waren starr auf den Missionar geheftet, als suchten sie dessen Züge zu verschlingen.

Der Missionar fuhr fort:

»Warum das Ärgernis auf Markt und Straßen suchen, wenn man es mitten unter sich hat! Das hieße, über den Bach nach Wasser gehen. Oder wisst ihr euch etwa frei davon? Ist einer unter euch, der nicht den Pfahl im Fleische hätte, so erhebe er sich und trete vor, auf dass ich seine Füße küsse!« (Es kam keiner, aber viele weinten.) »Ihr seid Gottes Kinder nicht! Was würdet ihr sagen, wenn Christus plötzlich mitten unter euch stünde? Ihr wisst es nicht, aber ich weiß, was ich sagen würde. ›Morgen, Herzallerliebster! Morgen!‹ würde ich sagen. – Ihr aber, ihr würdet schreien und jubeln, wenn ein Weib nackt, ganz nackt, über den Markt getrieben würde. Denn ihr seid Kinder des Teufels!« (Die Weiber weinten heftig, über die Nacken der Männer gingen krampfhafte Zuckungen.)

»Aber ihr seid es nicht alle. Doch ihr habt sie in eurer Mitte, durch die Ärgernis kommt, die lauen Weiber und die verstockten Sünder. Ihr habt sie zu Geschwistern, zu Eltern, zu Kindern! Hütet euch vor ihnen, sie sind vom Satan gesandt, euch zu versuchen; sehe jeder, der steht, dass er nicht falle! Stehet nicht geschrieben: Wenn dich dein Auge ärgert, so reiße es aus! Das ist's, was ihr tun sollt. Doch hütet euch, Unrecht zu tun, und prüfet sie zuerst! Prüfet sie mit Gebeten und Gottes Wort, so werdet ihr sogleich sehen, ob sie Gott oder Satanas in ihren Herzen tragen. Denn kein Teufel kann dem Kreuzeszeichen standhalten. Und können sie den Brotgeruch nicht vertragen, dann hinaus aus der Bäckerei mit ihnen.«

Lars Kämpe war bei den letzten Worten aufgesprungen. Sein Gesicht leuchtete in fast überirdischer Klarheit, seine Stimme schnitt stoßweise in explosiven Ausdrücken durch die Versammlung: »Vielfraß des Satans du! – Kannst du nicht Brot genug haben, du Hurenbalg! – Sitzest da mit dem Messer im Hals und schreist nach mehr! – Hinaus aus der Bäckerei mit dir!«

Wie eine Katze war er dem Missionar an der Kehle, riss ihn vom Rednerpult herunter und wälzte sich mit ihm auf dem Boden.

Die Weiber schrien und wurden ohnmächtig, aber rasch kamen Männer aus dem Hintergrund herbei und zogen den Verrückten vom Missionar weg. Dieser lag still und unbeweglich da, mit herausgetretenen, offenen Augen und verzerrtem Mund. Er war tot.

»Das wäre beinahe symbolisch geworden«, erklärte der Arzt, der den toten Missionar untersuchte. »Die Religion, die

Wahnsinn schafft, und der Wahnsinn, der sich dann gegen seinen Urheber wendet und ihn zerreißt. Aber es passt nicht ganz, denn der Mann starb vor Schrecken. Diese Sorte Leute sind gewöhnlich feige.«

Lars Kämpe war in der Stadt unmöglich geworden, seit er sich an dem Geheiligten vergriffen hatte. Er wurde in ein Irrenhaus gebracht, wiewohl von gewissen Seiten behauptet wurde, dass sich Symptome der Besserung bei ihm zeigten.

Der Lotterieschwede

Die hölzerne Bütte auf dem Rücken, stapfte er mit schweren Schritten die Straße hinab – geradewegs auf das Postgebäude zu. Er summte eine Liedstrophe vor sich hin und setzte die Füße im Takt dazu; obwohl er ein gleichgültiges Gesicht machte, war ihm doch anzumerken, dass er sehr guter Laune war.

Als er indes das Postgebäude zu Gesicht bekam, verstummte sein Vorsichhinsummen, seine Schritte wurden langsamer, und im Flur angelangt, zögerte er.

Hatte er am Ende Angst?

Angst, er? Wer war der Keckste im Steinbruch, wenn eine Mine gelegt wurde? Wer war damals zu dem starken Bregendal hingegangen, als der im Fieberwahn sein Weib zum Haus hinausgeworfen hatte und die Möbel mit der Axt kurz und klein schlug? Nein, Angst hatte er nicht – jedenfalls nicht vor seinesgleichen. Aber Beamte waren eigentlich nie entgegenkommend, und insbesondere Postbeamte waren Grobiane. Schließlich aber ging er doch hinein und trat an den Postschalter.

Eine Scheibe wurde hinaufgeschoben, und jemand fragte kurz angebunden und ohne aufzublicken: »Was wollen Sie?«

Nun, er möchte es mit einem Achtel der neuen Lotterieserie probieren.

Warum schwieg der Postbeamte? Etwa, weil es ihm nicht lohnte, sich wegen eines Achtels zu bemühen? Vielleicht war er gewohnt, dass die Leute ganze Lose nahmen – ja, gar mehrere auf einmal? Oder war es nicht darum, war es vielleicht … Und der Schwede sah an sich hinunter, betrachtete seine mit schwarzen Plüschfetzen geflickte Lederhose, seine Holzschuhe mit den vielen eisernen Krampen über den Sprüngen, und da kam er sich selber fast verächtlich vor, weil er – ein armer Steinhauer – sein Geld in der Lotterie setzte. Aber so viele gewannen, da durfte man es doch versuchen – selbstverständlich nur bei einer einzigen Ziehung. Später konnte man sich ja drücken und brauchte das Los nicht zu erneuern. So hob er also den Kopf und sah den Postbeamten an, der ruhig weiterschrieb und ihn ganz wie Luft behandelte.

Ob er nicht eines mit einer hohen Nummer und von ungerader Zahl haben könnte? Noch immer keine Antwort.

Endlich drehte sich der Postbeamte nach ihm um. »Und wie steht es mit den Garantien?«, fragte er.

»Garantien?«, wiederholte der Schwede entsetzt.

»Ga-ran-tien – jawohl!«, stieß der andere silbenweise zornig hervor.

»Ich wusste … ich glaubte nicht …«, wandte der Schwede betreten ein.

»Ach was, wissen hin, glauben her; meinen Sie denn, wir sitzen hier nur, um Ihr Los abzubestellen, wenn Sie nicht mehr mittun wollen – he?« Damit beugte sich der Postbeamte wieder über sein Pult.

Da stand nun der Schwede.

Garantien – ja, natürlich brauchte man Garantien, das war klar; Garantien *mussten* sein. Dass er das noch nicht selbst herausgefunden hatte! Als ob arme Leute nicht immer Garantien bei der Hand haben müssten, wenn auch zu nichts anderem, als um zu beweisen, womit sie bezahlen. Nein, für ihn und seinesgleichen war es ausgeschlossen, zu verlangen, dass man ihnen auf ihr ehrliches Gesicht hin traue. Aber ärgerlich war es immerhin; nur weil man arm war, sollte man garantieren, dass man vor Ende des Monats nicht noch ärmer sei. Und schlimm war es wahrhaftig auch für ihn, dass er nun mit dem Geld in der Hand dastand und doch nichts erhielt – nur weil er arm war. Die ganze Serie vorausbezahlen, ja, wenn er das könnte, dann würde er diesem Postbeamtenlümmel das Geld auf den Tisch werfen. Aber er konnte es eben nicht. Einen Bürgen? Wen hatte er als Bürgen zu stellen? Arme Arbeitsgenossen – aber von ihnen gehörten wohl viele her, um ein Achtellos der Lotterie aufzuwiegen.

Er hatte vergessen, dass es vorhin seine Absicht gewesen war, nach einer oder zwei Ziehungen das Los wieder aufzugeben. Nun sann er hin und her, bis er sich ordentlich in Zorn versetzt hatte. Aber seiner demütigen Haltung war das durchaus nicht anzumerken, und er war auch gar nicht gewillt, etwas davon merken zu lassen. Unter den Kameraden – ja, da hatte er seine Fäuste und schlimmstenfalls sein Messer; aber einem königlichen Postbeamten und bevollmächtigten

Lotterieeinnehmer gegenüber konnten ihm diese beiden Dinge höchstens zum Zuchthaus verhelfen. Deshalb behielt er sein demütiges Aussehen bei und machte sich zum Gehen bereit.

Doch nun richtete sich der Postbeamte wieder auf; durch die ehrerbietige Haltung des Schweden war seiner kleinen Beamtenehre Genüge getan.

»Nun ja, Sie sollen das Los haben – weil Sie es sind. Aber vergessen Sie nicht, es rechtzeitig zu erneuern!«

Nein, nein, er würde es bestimmt nicht vergessen. Der Herr Postbeamte dürfe sich darauf verlassen. Eher wolle er ein Werwolf werden als das vergessen.

Sein Gesicht hatte sich etwas aufgehellt, er blinzelte ein wenig mit den Augen. Ein lang gehegter Glückstraum, der schon fast zu einer fixen Idee geworden, sollte in Erfüllung gehen.

»Aber wir haben nur Viertellose«, erklärte der Postbeamte plötzlich, nachdem er eine Weile geblättert hatte.

Der Schwede sagte nichts. Langsam nahm er Stock und Hut, schnallte die Bütte auf den Rücken und ging.

Vielleicht waren seine Schritte etwas schwerer – vielleicht sein Gang etwas gebückter – vielleicht!

Er spürte nur die Niederlage.

Während er jetzt die Straße entlangging, kreisten seine Gedanken aufs Neue um das Los und die zwölf Kronen, die er dafür ausgeben musste.

Zwölf Kronen, das war viel Geld! Er besaß sie nicht. Und er würde sie auch nicht beschaffen, das wusste er wohl. Denn erspart konnten sie sicherlich nicht werden. Neun Kronen

Arbeitslohn in der Woche, wovon zwei für die Hausmiete zurückgelegt wurden – die anderen sieben erhielt die Frau, um den Haushalt davon zu bestreiten; ungefähr sieben, denn ein wenig ging ja immer am Arbeitsplatz drauf. Sieben Kronen für sie und vier Kinder, das war gewiss nicht viel. Ob eigentlich Johan Svendsens Frau je von ihrem Mann sieben Kronen für den Haushalt bekam? Sie hatten sogar ein Kind mehr. Aber sein Weib daheim klagte immerfort; Weibsleute waren ja nie zufrieden, nein, nie!

Wenn nur Peter Elström die fünf Kronen bezahlen wollte, die er sich vor zwei Jahren geliehen hatte! Aber der würde sich wohl hüten, der Ochse!

Das Viertellos!

Wie, wenn er den täglichen Schnaps aufgäbe und die anderen Kleinigkeiten am Samstagabend? Dann könnte sein Weib nicht sagen, dass er ihnen daheim etwas wegnähme, um in der Lotterie zu spielen. Bei dieser Vorstellung blieb der Schwede mitten auf der Straße stehen; aber da fiel ihm ein, dass die Leute nun gewiss mit dem Finger auf ihn zeigten und sagten: »Seht, da steht der Steinhauer und überlegt!« Aber das sollten sie nun doch nicht von ihm sagen – und er setzte sich wieder in Bewegung.

Im Übrigen war der Gedanke nicht so überraschend neu für ihn, wie er selbst glaubte. Er hatte ihn als Möglichkeit die ganze Zeit über erwogen, ihn sich aber vom Leibe gehalten, bis ihm gar kein anderer Ausweg mehr einfiel. Er besaß den starken Selbsterhaltungstrieb des Mannes, der sich selbst *zuallerletzt* etwas abknapst.

Aber wenn er nun keinen Schnaps mehr in den Steinbruch mitbrächte, würden ihn dann die Kameraden nicht ebenso verspotten wie den Johan Hinkebein und sagen, bei ihm sei die Frau Herr im Hause? Ja, ihn vielleicht sogar einen Temperenzler schimpfen? Und was dann? Scherte er sich denn um sie? Im Übrigen würden sie wohl gar nichts sagen – sie sollten es nur versuchen!

Ein Viertel täglich, das machte wöchentlich anderthalb Liter zu fünfzig Öre. Davon konnte er die ganze Serie bestreiten, selbst wenn er ein Viertellos nahm. Und wenn er dann noch, um ganz sicherzugehen, den ältesten Jungen Keillöcher schlagen ließe … Aber warum denn? Es war eine harte Arbeit für so einen kleinen Kerl; er würde sowieso zeitig genug daran glauben und sich mit den Steinen abschinden müssen – außerdem war es wirklich nicht nötig.

Branntwein! (Früher hatte er stets den milderen Ausdruck Schnaps gebraucht, jetzt aber, wo er Abstand davon nahm, fühlte er den Drang, der Sache gerade ins Gesicht zu sehen, um sich in seinem Vorsatz zu bestärken.) *Branntwein!* Sonderbar, dass er so viel Geld dafür verbraucht hatte! Die Lotterie hingegen kam auch Weib und Kindern zugute. Ja, bei dem Gedanken an all den Suff, den er in sich hineingegossen hatte, wurde ihm fast übel, und er spuckte verächtlich im hohen Bogen aus.

Wieder blieb er stehen, aber nur, um gleich darauf durch eine andere Gasse zum Postgebäude zurückzukehren. Und kurz nachher wanderte er heimwärts, das Viertellos in der obersten Westentasche.

Auf der Schlafbank in der Stube des Schweden kniete sein zweitjüngstes Kind, ein Mädchen. Sie hatte durch einen Fußschemel eine Schnur gezogen und spielte, dass sie von tief unten allerlei Gegenstände heraufwinde. Eigentlich sollte sie das Kleinste wiegen, aber das war vergessen. Hin und wieder hauchte sie ein kleines Loch in die dick zugefrorene Fensterscheibe, um nachzusehen, ob es noch nicht schneie. Denn heute Mittag hatte sie unter dem Boden des Kochtopfes Feuersternchen gesehen, und Mutter hatte gesagt, das bedeute Schnee. Ab und zu kam ein Wagen vorüber, von Zeit zu Zeit ging auch einer von den Arbeitern, die weiter draußen wohnten, am Hause vorbei; das hörte die Kleine am Aufschlagen der eisernen Krampen und Stockzwingen auf das Straßenpflaster. Bei jedem solchen Vorübergehenden horchte das Kind einen Augenblick, spielte dann aber weiter.

Dann ertönte es wieder: Tripp – trapp – trick! Tripp – trapp – trick! Eisenkrampen und Stockzwinge draußen auf der Gasse! Die Kleine hielt im Spiel inne und lauschte, dann ließ sie die Fußbank fallen, lief in den Schuppen hinaus und rief: »Vater kommt!« Sie hatte ihn am Schritt erkannt.

Draußen, unter dem schrägen Dach, standen die Mutter und der älteste Junge und sägten Birkenholz. Das zweitälteste Kind saß rittlings auf dem Sägebock, damit das Holz fest lag. Da den Jungen fror, hatte er die Hände unter das Hosenfutter gesteckt, denn für Taschen war er noch nicht groß genug. Es ging nicht recht voran mit dem Holzzerkleinern, denn die Säge war stumpf, und die beiden verstanden es auch nicht, gleichmäßig zu ziehen. Bisweilen blieb die Säge im Holze stecken; dann musste man sie mit Schmierseife einreiben, damit sie bloß bewegt werden konnte. Eben jetzt, als die Kleine die Ankunft des Vaters meldete, saß die Säge in einem Knorren fest und wollte weder vorwärts noch rückwärts. Die Frau bemühte sich, die Säge aus dem Scheit herauszuheben, ehe ihr Mann käme und einen Grund zum Schelten fände – vielleicht war er nicht ganz nüchtern. Aber die Säge rührte sich nicht. Nun ging die Gitterpforte, Schritte kamen um die Giebelwand herum, und der Schwede trat ein.

Mit einem Blick übersah er die Lage, aber er hatte ganz und gar keine Lust zum Schelten, im Gegenteil, es war ihm um ein gutes Einvernehmen zu tun. Denn da war das Lotterielos! Nicht, dass er Angst vor seinem Weib gehabt hätte – oh, beileibe nicht! Aber da war eben das Los; das war so eine Sache ... nun ja ... hm!

Er schob sie vom Sägebock fort, während er scheinbar gleichgültig sagte: »Du, jetzt spiele ich in der Lotterie!«

»Was tust du?«, fragte sie erschrocken. Er wünschte jedoch durchaus keine Erörterung der Sache, deshalb fing er an, über die Säge zu schimpfen, die unbeweglich festsaß: Es sei unmöglich, sie herauszubringen, ohne sie zu zerbrechen – die Weibsleute könnten aber auch kein Handwerkszeug anrühren, ohne es sofort zu ruinieren – und so weiter und so weiter.

Da lief die Frau eilig in die Küche, um ihm das Essen zu wärmen.

Der Schwede hatte Salzhering und Kartoffeln und dann Grütze mit Milch gegessen. Jetzt saß er da und träufelte von einer Kerze geschmolzenes Wachs auf seine rissigen Hände; die Frau stand neben ihm und hielt das Licht. Sooft das Wachs von der Flamme in das rote, blutige Fleisch tropfte, verzerrte er das Gesicht. Keiner von beiden sagte ein Wort. Was hat man auch zu reden, wenn man so viele Jahre lang im gleichen Trott nebeneinanderher gegangen ist? Und doch, jetzt war etwas da, das in beider Köpfen spukte – das Lotterielos.

»Ist es teuer?«, fragte die Frau schließlich unvermittelt. Er aber wusste recht wohl, worauf sie hinauswollte, und begann mit ungewöhnlichem Wortreichtum zu erklären, dass es ein Viertellos sei, dass aber andere Leute, die es nicht viel besser hätten als sie, ein ganzes nähmen und manche sogar mehrere. Er vergaß, dass er damit seine eigene Auffassung von vorhin widerlegte.

Die Frau wagte nicht, Einwendungen zu machen, aber er sah ihr wohl an, wie sie sich sorgte, ob sie ohne das Geld auskommen würden. Trotzdem spürte er kein Verlangen, ihr zu erklären, dass die ganze Ausgabe auf seine Kosten gehen werde. Er liebte es nicht, bei uneigennützigen Anwandlungen ertappt zu werden.

»Aber ist es nicht eine Sünde von uns – wo wir doch so arm sind?«, fragte sie wieder.

»Eine Sünde kann es nicht sein, da es doch offen vor aller Welt besteht«, antwortete er mit erzwungener Sicherheit. Ach, die Frau wusste, dass so manches, was offen vor aller Welt bestand, dennoch nicht gut war. Aber sie erinnerte sich nicht, wo dieser Ausspruch geschrieben stand; und es ihm als ihren eigenen Gedanken sagen, das nützte nichts. So schwieg sie, und sie gingen zu Bett.

Am nächsten Morgen war er wie gewöhnlich vor vier Uhr auf. Da hatte die Frau schon Kaffee gekocht; während er trank, richtete sie ihm den Imbiss und packte alles in seine Bütte. Das Essen musste für den ganzen Tag reichen, denn der Steinbruch lag eine halbe Meile weit in den Bergen. Sie bestrich eine Menge Brotscheiben, zuletzt nahm sie eine grüne Flasche und ging damit in die Küche.

»Ich nehme keinen Schnaps mit!«, rief er ihr mit vollem Mund nach. Aber sie hörte es nicht, und so ließ er sie gehen und aß weiter.

Nach einer kleinen Weile kam sie mit der jetzt gut zugekorkten Viertelliterflasche zurück.

»Ich sagte, ich wollte keinen Schnaps mitnehmen«, wiederholte er kauend und nickte eifrig mit dem Kopf dazu.

»Was willst du nicht?«, fragte sie verwirrt, denn eben beim Einfüllen hatte sie gedacht, wie viel der Branntwein doch koste.

Er sagte nichts weiter, sondern stand auf und rüstete sich zum Gehen.

Sie aber stand da und wusste nicht aus noch ein. Wie oft hatte sie ihm diesen Schnaps, der so viel kostete und so gar keinen Nährwert besaß, in der Stille zum Vorwurf gemacht! Nicht etwa deshalb, weil sie und die Kinder nichts von dem Schnaps hatten – o nein, sie hätte für das Geld wahrhaftig gerne nur ihm allein Fleisch gekauft, denn er war es ja, der sich für sie alle abschund. Und jetzt musste er in das fürchterliche Schneegestöber hinaus und sollte nicht einmal seinen Schnaps bei sich haben!

»Aber nimm ihn doch mit!«, drängte sie. »Das Bier gefriert bis Mittag in der Flasche, das Essen gefriert auch; dann hast du nur den Schnaps, der gefriert nicht.«

Er nahm die trockenen Strohwische vom Ofen und tat sie in die Holzschuhe zurück, sagte aber kein Wort.

»Ja, mitnehmen musst du ihn jedenfalls, dann magst du ihn trinken oder nicht, wie du willst«, bemerkte die Frau entschlossen; damit legte sie die Flasche zum Essen und machte die Bütte zu. Und so ging er.

Der Schwede gehörte zu der Klasse von Menschen, die mehr Brot als Fleisch sehen, die sich dicke Brotscheiben schneiden, um Schmalz zu sparen, und sich in grobes Segeltuch kleiden, weil das am haltbarsten ist. Um drei und vier Uhr in der Frühe wandern diese Menschen in ihrer dünnen Kleidung zur Arbeit. Der rasende Wind jagt ihnen den feinen Schnee durch die Segeltuchanzüge bis auf die Haut, Schnee ballt sich zwischen den Eisenkrampen ihrer Holzschuhe, Schnee dringt an den Kanten in die Schuhe ein und schmilzt in der Fußwärme, so dass sie nasse Füße bekommen.

Und doch ist diese lange Wanderung von allem das Beste. Wenn der Arbeitsplatz erreicht ist, streift man mit den harten Fausthandschuhen aus Segeltuch den frisch gefallenen Schnee vom Felsen und setzt sich dann für den ganzen Tag auf das kalte Gestein. Die Arme führen den Hammer, es fällt ihnen nicht schwer, sich und den Oberkörper warm zu halten – ja manchmal so sehr, dass der Schweiß rinnt. Aber von unten dringt die Kälte herauf und bemächtigt sich des nicht arbeitenden Unterleibs. Die Zeit vergeht, es wird Frühstücks-, Mittags- und Vesperzeit; der Steinhauer steht auf und geht mit gekrümmten Knien steifen Schrittes zu seiner Bütte, die er in dem gemeinsamen Holzschuppen abgestellt hat. Das Essen, bestehend aus Schmalzbroten und darauf vielleicht einer dünnen Scheibe Käse oder Wurst, ist hart und eiskalt zwischen den Zähnen. Das billige Bier hat zwar die braune Farbe und den weißen Schaum beibehalten, aber es rinnt keineswegs in den dürstenden Hals – es hat die dritte Form der Materie angenommen, die feste. Dann wird eine Flasche hervorgeholt mit einem Stoff darin, der nicht gefriert und nicht die Zähne eisig macht, und der aufgetaute Arbeiter kehrt zu seinem Sitz zurück, um sich von Neuem der Kälte auszusetzen.

Der Schwede ging nach der Söndergade zu; im Dunkeln wich er von einer Seite zur andern aus, um die ärgsten Schneehaufen zu umgehen, und stützte sich ab und zu gegen eine Mauer, um die Holzschuhe zu entleeren oder den Schnee zwischen den Krampen herauszuklopfen. Dabei dachte er an dies und das. Sie war doch gut, seine Frau – sie gönnte ihm etwas. Früher hatte sie immer dreingesehen, als ob sie von dem Schnaps noch den Tod haben würde, und nun, wenn man es in Betracht zog …

Am Ende der Straße fegte ihm ein beißender Windstoß vom offenen Feld her scharfen Schnee ins Gesicht, so dass der Schwede stehen bleiben und sich umdrehen musste. An der Kirchhofpforte suchte er Schutz – das war doch ein verwünschtes Wetter! Wenn es anhielt, war es nicht eben gemütlich im Steinbruch. Der Schnee bedeckte ja die Steine schon wieder, ehe man nur einen Hammerschlag getan hatte. Die andern gingen heute bestimmt nicht hinauf, er hatte keinen von ihnen auf der Straße gesehen. Aber die spielten auch nicht in der Lotterie! Er musste hin und für sein Los arbeiten.

Nach diesem Entschluss empfand er ordentlich Hochachtung vor sich selbst – als ob er nicht andernfalls auch hingegangen wäre! Die Hochachtung musste belohnt werden. Er öffnete die Bütte, um sich für den weiteren Weg mit einem Schluck Schnaps zu stärken. Zwar erinnerte er sich recht wohl an seinen gestrigen Vorsatz, aber nun hatte er ja einmal die Flasche mit. Und wenn er bei diesem Hundewetter zur Arbeit ging, dann … Er führte die Flasche zum Mund und trank.

Doch plötzlich bereute er, was er getan. Es war doch sehr anerkennenswert von seiner Frau gewesen, dass sie ihm die Flasche aufgenötigt hatte, aber man durfte die Güte anderer nicht missbrauchen. Und wenn man einen Entschluss gefasst hatte, dann … Entschlossen fasste er die Grüne beim Hals und schleuderte sie hoch in die Luft.

Dann aber stand er gespannt da und horchte, wo sie niederfallen würde. Er hörte sie dicht neben sich in eine Schneewehe fallen, konnte aber bei der Dunkelheit nicht feststellen, wohin; er wusste nur so viel, dass sie nicht entzweigegangen war. Wie dumm auch, sie wegzuwerfen! Er hätte sie bei der

Arbeit haben können, ohne daraus zu trinken; dann hätten die anderen gesehen, dass es freiwillig geschah. Außerdem war es stets gut, einen Schluck Spiritus zur Hand zu haben – wie neulich erst, als Lindkvist sich den Finger verletzt hatte und beinahe ohnmächtig geworden war. Und wirklich, ein solcher Tropf war man doch nicht. Er begann die Grüne zu suchen. Aber sie war nicht zu finden, und so setzte er seinen Weg nach dem Steinbruch fort. Die Kameraden kamen ebenfalls, und das wunderte ihn nicht. Wenn es möglich war, sich durchzuarbeiten, kamen sie auch – er wie die anderen. Die Gewohnheit trieb sie, zu tun, was in ihrer Macht stand, und die Gewohnheit ist eine stärkere Triebfeder als sogar die Tugend. Sie stellten Windschirme gegen das Wetter auf, jeder richtete sich ein, wie es ihn gut dünkte, und die einzige Wohltat, die sie sich gestatteten, war ab und zu ein Abstecher zum Schuppen, wo die Bütte mit der Grünen stand.

Schon beim Frühstück entbehrte der Schwede seinen Schnaps. Den Kameraden sagte er, ihm sei die Flasche zerbrochen. Sie boten ihm von dem ihrigen an, aber er widerstand und lehnte ab. Gegen Mittag boten sie ihm von Neuem an, und nun nahm er an – zur Gesellschaft. Später am Nachmittag ließ er sich von einem der anderen ein halbes Viertel geben, aber deshalb war sein Entschluss nicht aufgegeben; er war nur auf den nächsten Tag verschoben.

Am nächsten Morgen sah er seiner Frau mit größerer Aufmerksamkeit bei ihrer Arbeit zu als sonst, und da merkte er, dass sie seinen Entschluss ernst nahm und keinen Schnaps für ihn herrichtete. Er wollte nicht für wankelmütig gelten und schwieg. Aber von da an kaufte er seinen Schnaps heimlich.

Es war ihm allmählich klargeworden, dass auf diese Weise das Los nicht zu bezahlen war. Zugleich war ihm aber auch die Überlegung gekommen, dass es gar nicht so schlimm für den Jungen wäre, wenn er Keillöcher bohrte – es ist für jeden gut, beizeiten mit dem Lernen anzufangen.

Und so geschah es.

Jeden Nachmittag, wenn die Schule aus war, musste der Älteste zum Steinbruch traben. Das war hart für ihn, und oft weinte er, wenn er unterwegs anderen Jungen begegnete, die zum Schlittschuhlaufen ans Meer gingen. Sie trugen die Hosen in die Stiefel gesteckt, um zu prahlen, er aber hatte nur Holzschuhe an. Allerdings besaß er daheim auch ein Paar alte Schlittschuhe mit Schnüren daran statt der Riemen, und er besaß auch ein Paar Stiefel, die dem Sohn des Werkführers zu klein geworden waren. Aber sie hatten keine Kappen, deshalb hatte Vater ihm verboten, sie zu benutzen, obgleich Kappen zum Schlittschuhlaufen gar nicht nötig sind. Aber jetzt war das einerlei.

Die Frau des Schweden war von Herzen froh, dass er den unnützen Schnaps aufgegeben hatte, und sie gab sich alle Mühe, ihm sein Essen so lecker wie möglich zu bereiten, damit er den Branntwein nicht vermisse. Er merkte es wohl, begriff auch, warum sie es tat, und ebenso wusste er, dass sie an sich und den Kindern sparte, um ihn zu verwöhnen. In den ersten Tagen beschämte es ihn, aber er redete sich so lange gut zu, bis die Scham sich verzog. Gott, der Herz und

Nieren prüft, war sein Zeuge, dass er nur auf milderes Wetter wartete, um den Schnaps aufzugeben. Schon hatte er ja einen großen Schritt getan; nachmittags nämlich (wenn sein Junge da war) trank er keinen Schnaps mehr, sondern nur am Vormittag. Allerdings trank er da dieselbe Menge, die früher für den ganzen Tag gereicht hatte, aber ein Fortschritt war es trotzdem. Es bewies, dass er entbehren konnte, wenn es darauf ankam.

Eines allerdings konnte er nicht leugnen: Ohne Schnaps schmeckte das Vesperbrot trocken, und das Schlimmste war, dass vonseiten der anderen Äußerungen laut wurden, die der Junge möglicherweise verstand. Da war es gewiss besser, offen zu sein. Und eines Tages machte der Schwede plötzlich Schluss mit der Heimlichkeit und trank seinen Schnaps in des Jungen Gegenwart, nahm ihn am Abend auch mit zum Schenkwirt und ließ ihn unbesorgt zusehen, wie er die Wochenzeche bezahlte.

In der Wirtsstube saßen andere Arbeiter, die Bier und Schnaps tranken und würfelten, und der Schwede musste ein paar Spiele mitmachen. Der Junge aber dachte an seine Mutter daheim und fragte immer wieder, ob sie denn nicht bald gehen wollten. Da rief einer der Arbeiter ihn zu sich und wollte ihm einen Schnaps verabreichen. Der Junge wollte ihn nicht annehmen, aber der Vater verspottete ihn deswegen. Da schluckte ihn der Junge, bekam ihn aber in die falsche Kehle, begann schrecklich zu husten und erstickte fast, während die anderen ihn auslachten. Es ging nicht so schnell vorüber, unausgesetzt tat es ihm in der Kehle weh, so dass er schließlich zu weinen anfing. Da kaufte ihm der Vater eine Kümmelbrezel, und als sie wieder unterwegs waren, sagte er: »Wenn dich Mutter über den Steinbruch ausfragt und wissen will, ob wir im Krug gewesen wären, dann sag ihr nichts davon. Jetzt bist du ja ein halber Mann und hilfst verdienen; es ist nicht nötig, dass man den Weibsleuten alles erzählt.«

Bisher hatte der Junge das Wirtshaus mit den Augen seiner Mutter betrachtet. Er war noch nie darin gewesen, aber er wusste es von seiner Mutter, dass das Wirtshaus schuld war, wenn im Hause Brot fehlte und der Bäckermeister nicht mehr anschrieb. Als er zum ersten Mal in den Steinbruch ging, hatte Mutter ihn geküsst und gesagt, er solle danach trachten, Vater am Wirtshaus vorbeizuhelfen. Er selbst erinnerte sich noch, wie Vater einige Male betrunken nach Hause gekommen war, fürchterlich geschimpft und Mutter an den Haaren über den Fußboden geschleift hatte. Da war er noch ein ganz kleines Kind gewesen. In den letzten Jahren allerdings war so etwas nicht mehr geschehen, aber mit einem kleinen Schwips kam Vater öfters heim, und dann erhielt Mutter eine Krone weniger für die nächste Woche. Kinder aber sind gelehrig. Mutter hatte natürlich gescholten, weil die Ernährer in die warme Wirtsstube gegangen waren und um Schnaps und Bier gespielt hatten! Sie verdienten aber doch das Geld dafür, was verstand denn eine Frau davon! Er war jetzt auch Ernährer – Vater hatte es selbst gesagt –, außerdem war er mit ihm in der Schenke gewesen und war freigehalten worden. Keiner der anderen Jungen konnte das von sich sagen, sie mochten sich die Hosen in die Stiefel stecken, soviel sie wollten. Und seine Geschwister konnten das auch nicht. Wenn sie miteinander stritten, verspotteten sie ihn, weil er in den Steinbruch gehen musste. Sie hätten nur wissen sollen, dass er Brezeln bekam und mit den großen Männern ins Wirtshaus ging! Könnte er es ihnen doch erzählen! Aber eben dies durfte er nicht.

Daheim schwieg der Junge, und am nächsten Samstag hielt er von selbst vor dem Wirtshaus an und wartete gespannt darauf, dass der Vater hineinging.

Es war gerade der Tag, an dem die Lotterie Ziehung hatte, und deshalb fühlte sich der Schwede unter einem gewissen moralischen Druck. Er hatte die Empfindung, dass er sich dem lieben Gott gegenüber gut aufführen müsse, wenn er gewinnen wollte. Deshalb betrat er heute nicht einmal die Schwelle, sondern schickte den Jungen mit dem Geld für die Branntweinzeche hinein. Jetzt, wo etwas auf dem Spiele stand, bekam er Angst, und die Feigheit meldete sich in ihrer gewöhnlichen Gestalt: als Gewissen. Dieses Geld war eine Anklage gegen ihn, es brannte ihm in der Tasche, und er fühlte sich erleichtert, als er es los war. Auch war er jetzt fest entschlossen, seiner Frau mitzuteilen, dass er den Schnaps nicht aufgegeben hatte; das war er ihr schuldig. Und sich selbst gelobte er, von dem Augenblick an, wo das Los herauskäme, durchaus enthaltsam zu sein. Drinnen in der Schenke saßen die Kameraden in der unschuldigsten Laune und ließen ein Viertel ihres äußerst knappen Wochenlohnes draufgehen. Sie taten es weniger aus innerem Drang denn aus alter Gewohnheit, und die Gewohnheit ist stärker als selbst das Laster.

Der Schwede aber ging vergnügt und leichten Herzens mit seinem Jungen weiter. Er hatte Gutes getan, dafür würde er belohnt werden, das fühlte er. Schließlich war es ja doch der liebe Gott, der über allem stand und die Nummern zog. Er nahm den Jungen bei der Hand – das hatte er kaum noch getan, seit der Junge nicht mehr ganz klein war – und zeigte ihm den Leuchtturm, der drüben an der schwedischen Küste sein Blinkfeuer sehen ließ. Er erzählte dem Kind von der kleinen Kate dort drüben, hinter dem Leuchtturm, aber viel weiter drinnen im Lande, wo die Großmutter wohnte und wohin sie reisen würden, wenn sie einmal viel Geld hätten. Und er gab Antwort auf alle Fragen, die der Junge an ihn richtete; das pflegte er sonst nicht zu tun. Und der Junge fühlte eine eigene, ungewohnte Freude und wollte seines Vaters Hand auch dann noch festhalten, als sie in die Straßen kamen; aber das erlaubte der Vater nicht.

Kurz nach Dunkelwerden trafen die beiden zu Hause ein.

Alle wussten sogleich, dass Vater guter Laune war; er schalt nicht, weil seine Pantoffeln nicht an ihrem Platz unter der Bodentreppe standen.

Nachdem er sich gewaschen, die Socken gewechselt und sein Abendbrot gegessen hatte, nahm er die Kleine aus der Wiege, plauderte mit ihr und ließ sie bis hoch an die Decke fliegen. Da kam die zweite und wollte auch fliegen, aber Vater meinte, sie sei zu alt; dafür setzte er sich auf die Schlafbank und nahm sie ebenfalls aufs Knie. Der Zweitälteste stand drüben an der Kommode und klapperte mit dem Schlüssel; er war unschlüssig, fasste sich dann aber ein Herz und kam mit einer alten Rohrflöte dahergetrottet, die er langsam und zaudernd seinem Vater über den Tisch zuschob. Und als er sah, dass Vater sie nahm, holte er eilig eine Schale Wasser aus der Küche, denn die Flöte gab keinen Ton von sich, ehe sie nicht angefeuchtet war. Sie machten kein Licht, und mit beiden Kindern auf dem Schoß blies der Schwede die Flöte, während die Mutter das Kleinste versorgte und der Älteste vor dem Ofen auf den Knien lag und »Rocambole« las. Er hatte das Buch für sechs Knöpfe vom Sohn des Kaufmanns geliehen, und das war billig, denn es hatte über dreitausend Seiten.

Um acht Uhr legten sie sich wie gewöhnlich schlafen. Der nächste Tag war Sonntag, und der Schwede musste nicht zur Arbeit. Er stand aber dennoch zeitig auf, zündete die Laterne an und stieg in den Bodenraum hinauf, wo er mit ein paar alten Sohlen und Messingstiften die Stiefel des Jungen herrichtete. Und um sechs Uhr, als die Kinder aus dem Bett mussten, standen die Stiefel, mit schimmernden, neuen Kappen versehen, vor ihrem Bett. Das war eine Riesenfreude für den Jungen, und sobald es Tag wurde, ging er mit seinen Schlittschuhen fort. Die beiden anderen, die weder Stiefel noch Schlittschuhe besaßen, sahen ihm neidisch nach und waren dem Weinen nahe. Ihre Mutter tröstete sie damit, dass, wenn sie artig wären, der Vater vielleicht mit ihnen Schlitten fahren würde. Sie sagte es so laut, dass er es vernehmen musste, aber er tat, als habe er nicht gehört. Im Laufe des Vormittags jedoch holte er dann selbst den Schlitten vom Boden, setzte die beiden Kinder hinein und zog mit ihnen durch den sonnenglitzernden weißen Schnee davon. Zum Mittagessen überraschte die Mutter sie mit Pfannkuchen und Sirup; und als die Kinder nachmittags in die Sonntagsschule gingen, erhielten sie zwei Öre, um sich das Kinderblättchen zu kaufen. Am Abend las der Älteste daraus vor, während Vater in Hemdsärmeln auf der Bank saß und ein höchst behagliches Gesicht machte. Es war ein Tag, den seine Frau und die Kinder in ihrem Gedächtnis mit einem weißen Stern bezeichneten.

Die Gewinnliste erschien, und die Nummer des Schweden war nicht gezogen worden, wohl aber die daneben. Das war eine Niederlage für ihn. Der liebe Gott hatte es nicht gewollt – aber warum nicht? Sollte es etwa eine Strafe sein? Aber hatte, streng genommen, der liebe Gott etwas mit der Lotterie zu tun? Es war ja ein Glücksspiel, und dies war ein böser Zufall. Die Frau war ebenso gespannt auf den Ausgang gewesen wie er selbst; jetzt las er ihr vom Gesicht ab, dass sie es für verkehrt hielt, wenn er weiterspielte. Er hatte sich jedoch verpflichtet, das Los zu erneuern, und er hätte auch die Hoffnung nur sehr ungern aufgegeben. Das Glück war schon bei dieser ersten Ziehung seiner Tür so nahe gewesen – das nächste Mal würde es sicherlich anklopfen. Die erste Ziehung war stets die kärglichste – später wurden die Gewinne immer zahlreicher, immer größer, und die letzte Ziehung war die beste. Er wollte so tun, als gäbe er das Los auf, aber in aller Stille weiterspielen.

Und das tat er.

Die Einwände, die sich in seinem Innern ein wenig schwächlich gegen diesen neuen Betrug regten, beruhigte er durch die Vorstellung, welche Freude seine Frau haben würde, wenn er eines schönen Tages mit der überraschenden Meldung daherkäme, dass sie reiche Leute seien.

Die Enttäuschung hatte ihn indes in seine alte Verschlossenheit zurückgeworfen. Die Kinder liebten ihn so, wie er am Samstagabend und am Sonntag gewesen war; und abends, als er gegessen hatte, schlichen sie herbei und blieben abwartend neben ihm stehen. Er gab sich aber nicht mit ihnen ab.

Da hatte er sich nun aufgerafft, und es hatte nichts genützt. Jetzt lockerte er wieder die Zügel, die er sich angelegt hatte; und wie um sich zu rächen, ging er weiter als sonst. Am Samstagabend schickte er den Jungen mit dem Geld allein nach Hause und behielt für sich etwas mehr als früher; ja, auch mitten in der Woche besuchte er die Schenke.

Das war sofort im Haushalt zu spüren, und die Frau musste knausern und knapsen, um nur das kärglichste Leben zu fristen. Zuerst sparte sie an den Kindern und an sich, aber bald wurde es ihr auch unmöglich, ihrem Manne wie früher allerlei Leckerbissen vorzusetzen. Da wurde er übellaunig, und als er eines Abends betrunken nach Hause kam, schimpfte er über das Essen, sagte, Frau und Kinder fräßen ihm die Haare vom Kopf und er müsse Not leiden, damit sie sich den Wanst füllen könnten. Wenn er aber nüchtern war, schwieg er und machte sich im stillen Vorwürfe.

Seine Frau schwieg ebenfalls und tat, was sie konnte. Sie wusste nicht, dass er weiter in der Lotterie spielte, aber dass er sich heimlich Branntwein kaufte, das wusste sie, und sie war so klug, ihn zu fragen, ob er nicht lieber seinen Schnaps wieder von zu Hause mitnehmen wolle. »Es ist so kalt, dass du etwas Warmes da droben wohl gebrauchen kannst«, fügte sie hinzu, um ihre Absicht zu verschleiern. Er erkannte sie aber dennoch und schlug aus Eigensinn ihr Anerbieten ab. Als wolle er es schweigend gutmachen, war er den Tag über fleißig. Gegen den Jungen war er fast immer gut. Wenn dieser eine gewisse Anzahl Keillöcher gehauen hatte, durfte er aufhören und frei umherstreifen. Dann kroch der Junge in den schneebedeckten Felsen umher, pflückte gefrorene Schlehen und brachte sie den Geschwistern mit nach Hause. Manchmal scharrte er unter den wilden Apfelbäumen Holzäpfel aus dem Schnee, die dort reif geworden waren. Oftmals nahm er den Schlitten und Säcke mit; dann sammelte er im Nadelwald Tannenzapfen und kam abends mit einer ganzen Fuhre Brennmaterial nach Hause. Und sein Vater half ihm den Schlitten ziehen – manchmal ganz heim, manchmal nur bis zur Krugwirtschaft.

Als einige Wochen so dahingegangen waren, erkrankte das jüngste Kind. Um diese Zeit herrschte unter den kleinen Kindern eine Art Lungenentzündung, die in der Nachbarschaft schon mehrere Opfer gefordert hatte. Das Kind hatte glühende Wangen und schlief unruhig; die Frau des Schweden war bedrückt und besorgt, sie fürchtete, es sei Lungenentzündung.

»Wer doch Geld genug hätte, den Doktor zu holen; nur um

sicher zu sein, dass es keine Lungenentzündung ist!«, sagte sie eines Abends zu ihrem Mann.

Er antwortete nicht. In seiner Tasche lagen zwei Kronen, genauso viel, wie ein Arztbesuch kostete. Aber vor morgen Abend musste das Los erneuert werden, sonst war es verloren. Und er hatte sich verpflichtet, es zu erneuern – ein gegebenes Wort! Außerdem war es bei dem Kind nur das Zahnen und vielleicht ein bisschen Erkältung. Das meinte seine Frau ja auch, wenn sie vernünftig überlegte – aber Weibsleute malten immer gleich den Teufel an die Wand.

»Wir können nicht immer sofort den Doktor holen, wenn eines von euch winselt«, erklärte er mürrisch und ging zu Bett.

Am nächsten Morgen fragte er nach dem Kind, das ruhig schlief, und mittags sollte ihm der älteste Junge genauen Bescheid bringen, ob es sich doch als nötig erwies, den Doktor zu holen. Dem Schwesterchen gehe es besser, meldete der Junge.

Am Abend erneuerte der Schwede sein Los; es war die höchste Zeit gewesen.

Nicht, dass er sein Kind und sein Lotterielos gleich hoch eingeschätzt hätte, o nein, so einfach war die Sache nicht! Wenn er hätte wählen müssen, wäre er sich gleich im Klaren gewesen, was er zu tun hatte. Das Leben legt seine Schlingen weniger sichtbar. Der Schwede hatte seine Kinder sehr lieb, viel lieber, als er seiner Natur nach zugeben wollte. Ihretwegen und auch seiner Frau wegen ertrug er Kälte und Schweiß, so dass ihm, der kein wollenes Unterzeug besaß, das

Blut in den Adern erstarrte, sobald er in der Arbeit innehielt. Ihretwegen lebte er, obgleich er sich dessen nicht bewusst war; ihretwegen spielte er in der Lotterie. Und deshalb fiel es ihm schwer aufs Herz, dass sich der Zustand des Kindes verschlimmerte.

Er fühlte sich schuldig, während er mit seiner Frau an der Wiege saß, sich angstvoll darüberbeugte und des Kindes schwachen, rasselnden Atemzügen lauschte. »Lungenentzündung!«, flüsterte sie, und die Lippen zitterten ihr dabei.

»Morgen ist Zahltag«, sagte er leise, »dann holen wir den Doktor.«

»Ach, Gott helfe uns bis dahin!«, versetzte sie unter hervorbrechenden Tränen. Die Kinder waren schon zu Bett. Der Schwede legte sich schlafen, und die Frau tat, als wolle sie auch zur Ruhe gehen, blieb aber auf. Sie wollte bei ihrem Kind wachen; sie wagte nicht zu schlafen, aus Angst, es könnte ihr unterdes genommen werden. Ihre Augen waren wie erloschen und ihr Gesicht schmerzdurchwühlt, während sie leise im Zimmer aufräumte. Sooft sie an der Wiege stehen blieb, liefen ihr die Tränen über die Wangen und zuckte es schmerzlich in ihrem Gesicht. Bis morgen war es zu spät, und sie würde ihr Kind verlieren, weil sie zu arm waren und nicht beizeiten den Doktor holen konnten. Sie war tief betrübt, und Angst ergriff sie, Angst vor Gott. Er war der Herr über Leben und Tod, und wenn das Kind starb, dann hatte er es bestimmt. »Gott ist rasch bei der Hand, armen Leuten Kinder zu geben, nur vergisst er manchmal, für ihren Unterhalt zu sorgen«, hatte sie damals, als sie das Kleine erwartete, in einem Augenblick der Verzweiflung gesagt. Sie hatte es auch sogleich bereut. Nun aber wollte Gott sich rächen und sie für ihre Auflehnung strafen. Er hatte ihr das Kind ans Herz wachsen lassen, nun wollte er sie mit dem dicken Ende züchtigen und ihr das Kind wieder nehmen. Ach Gott, ach Gott! Sie hatten ja damals keinen Verdienst gehabt, und Kaufmann und Bäcker hatten ihnen auf Borg nichts mehr geben wollen. Aber das galt nichts vor dem lieben Gott, er verlangte nur umso größere Unterwerfung. Und sie wollte sich ja unterwerfen! *Alles* wollte sie dulden und leiden, *alles* hinnehmen, was ihr Gott auferlegen würde, wenn sie nur ihr Kind behalten dürfte! – Sie sank auf den Boden hin, weinte und betete und flehte – lange, lange. Viele Worte konnte sie nicht machen, die rechten Gebete wollten nicht kommen. Aber ihre Wünsche beteten für sie, eindringlich, sich anklammernd, gleichsam saugend, und sie vereinigten sich mit ihrem ganzen Wesen zu etwas Unbezwinglichem, das mit der Allmacht rang, um dieser den Segen zu entreißen. Sie betete bis zur Selbstaufgabe und vergaß ihr eigenes Dasein; betete, dass ihr das Herz in der Brust hämmerte, betete sich in eine Art Verzückung hinein, so dass sie Gott sah …

Als sie wieder zu sich kam, fühlte sie sich matt, aber unbeschreiblich erleichtert. Jetzt war sie Gottes vollkommen sicher, er *konnte* ihr das Kind nicht nehmen. Sie hatte einmal einen Laienprediger in einer Predigt über das Gebet sagen hören, der Mensch könne so beten, dass ihn Gott erhören *müsse*; und nun hatte sie gebetet, wie nur eine Mutter zu beten vermag, deren Kind sehr krank ist. Allerdings hatte der

Prediger hinzugefügt, es ruhe kein Segen auf solchen Gebeten, aber das schob sie beiseite, wenn nur ihr Kind am Leben blieb. Und es würde leben!

Sie hatte dem Kind eine Wärmflasche mit heißem Wasser ins Bett gelegt, und sooft es erwachte, gab sie ihm ein wenig Brustsaft. Nun war sie ruhig und gefasst, schlummerte auch hin und wieder ein wenig, war aber hellwach, sobald das Kind sich rührte. So wurde es Mitternacht und eins und zwei und drei.

Als sie so halb schlummernd vor der Wiege saß, ging leise die Tür, und im bloßen Hemd trat ihr Mann ein. Erschrocken fuhr sie auf, fast hätte sie einen lauten Schrei ausgestoßen; aber dann erkannte sie, wer es war, und sie lächelte ihrem Mann vertrauensvoll entgegen. Er aber sah gleichgültig drein. Nach dem Kind hatte er sehen wollen und gehofft, seine Frau schlafend zu finden. Er hatte durchaus keine Lust, seine Gefühle zu zeigen, und noch weniger, zu verraten, dass er die Krankheit ernst nehme. »Ich wollte sehen, wie viel Uhr es ist«, erklärte er kurz und ging an der Wiege vorbei, ohne seine Frau anzusehen. Aber sie ließ sich nicht abweisen; sie wusste ebenso gut wie er, dass *er* mit der Uhr nichts zu schaffen hatte, da ja jeden Morgen sie als Erste auf war. »Wir behalten es – Gott lässt uns das Kind behalten«, sagte sie rasch und ging hinaus, um Kaffeewasser aufzusetzen.

Er nutzte die Gelegenheit, sich über die Wiege zu beugen. Des Kindes Atemzüge waren ruhig, es röchelte nicht mehr. – Danach zog er sich an.

Während er Kaffee trank, wechselte er einige wenige

Worte mit seiner Frau. Er sei fest entschlossen, den Doktor zu holen, sobald er am Abend seinen Wochenlohn habe. Wenn dann die Hilfe des Doktors nicht nötig sei, umso besser; das Geld sei auf alle Fälle gut angewendet. Er schnallte sich die Bütte auf den Rücken und ging.

Aber die Besserung im Befinden des kranken Kindes hielt nicht an. Noch im Laufe des Morgens begann es von Neuem zu röcheln, und zwar schlimmer als zuvor, und am Vormittag verwandelte sich das Röcheln in Atemnot. Das Herz der Mutter war starr vor Entsetzen. Ihre Überzeugung von der Erhörung ihres Gebetes schwand dahin, Angst und Zweifel ergriffen sie mit Macht, und sie versuchte es abermals mit dem Gebet. Aber es wollte nicht gelingen, es war, als ob Gott vor ihr zurückwiche, sooft sie ihn zu fassen meinte. Von Verzweiflung gemartert, erhob sie sich und stürzte zur Tür hinaus. Sie wollte so rasch wie möglich zum Arzt und ihn bitten, um jeden Preis zu kommen und das Kind zu retten.

Sie lief und lief bis ans andere Ende des Ortes. Der Arzt war eben im Begriff, Krankenbesuche zu machen, und sagte, er werde im Laufe des Vormittags vorsprechen.

Ach, ob er denn nicht sofort und gleich kommen könne?

»Das wird sich zeigen«, versetzte er kurz.

Sie wollte ihn deswegen anflehen, wagte es aber nicht, aus Angst, dass er dann vielleicht gar nicht käme. Stumm blieb sie vor ihm stehen, sah ihn an und brach in Tränen aus. Er aber wandte ihr den Rücken zu, summte ein wenig vor sich hin und kramte in den Taschen seines Pelzmantels. Da lief sie eiligst wieder heim. – Wenn der Arzt sie nun im Stich ließe oder zu spät käme! Sicherlich besuchte er die anderen zuerst, denn die konnten zahlen.

Der Arzt indes ließ nicht auf sich warten, obwohl er wusste, dass da nichts zu verdienen war. Eine halbe Stunde nachdem die Frau heimgekommen, trat er in die Stube. Er warf seinen Mantel ab und wärmte sich sorgfältig am Ofen, um keine kalte Luft zu dem Kind zu tragen. Dann beugte er sich kniend über die Wiege und lauschte. Als er sich wieder aufrichtete, war er böse. »Beim Satan, warum haben Sie mich nicht früher geholt?«, fragte er zornig. Die Frau wandte sich weinend ab. Er legte ihr die Hand auf die Schulter, sagte aber nichts, schrieb dann mit Bleistift etwas in sein Notizbuch, riss das Blatt heraus und gab es ihr.

Am Nachmittag kam der Junge nicht in den Steinbruch, und da ahnte dem Schweden Schlimmes. Als der Nachmittag verging, ohne dass der Junge erschien, wurde er unruhig, und die Arbeit ging ihm nicht gut von der Hand. Mehrmals warf er Steinbohrer und Hammer beiseite, aber anstatt wie sonst in den Holzschuppen zu gehen und einen Schluck Schnaps zu nehmen, trat er auf eine Felskuppe und spähte ins Tal hinunter nach der Stadt. Er wünschte sehnlich den Werkführer herbei, damit er seinen Wochenlohn erhielte und nach Hause gehen könnte.

Endlich kam der Werkführer und entlohnte die Leute. Nun machte sich der Schwede auf den Heimweg. Niedergeschlagen und stumpfsinnig wanderte er dahin, und ehe er sich's versah, war er daheim.

Als er ins Haus trat, schlug ihm Moschusgeruch entgegen; da spürte er, dass ihm die Knie zitterten. In Strümpfen trat er in die Stube. Seine Frau kniete, wie immer während der letzten Tage, am Kopfende der Wiege; die Kinder standen laut schluchzend um sie herum.

Wo entspringen die Quellen des Kummers, dass sie in einem Mutterherzen nie versiegen? Dem fünften ihrer Kinder drückte die Frau des Schweden die Augen zu, und sie trauerte ebenso tief wie jedes Mal zuvor und fügte den neuen Verlust zu den alten, die auszulöschen die Zeit nicht vermocht hatte. Und wie kommt es, dass eine Mutter *jene* unter ihren Kindern am meisten liebt und am schmerzlichsten vermisst, die ihr die größten Sorgen bereiteten? Ihr erstes Kind hatte acht Jahre zu Bett gelegen, mit acht Jahren war es gestorben. Das war nun fast neun Jahre her. Acht Jahre täglicher Sorge und Pflege, acht Jahre Geduld mit einem Kind, das sein Leiden mürrisch gemacht hatte! Und dennoch hatte sie darum gekämpft, es behalten zu dürfen, dennoch hatte sie es nicht vergessen können; sie weinte, sooft sie etwas an das Kind erinnerte. Sie hatte andere nach ihm genannt – auch das letzte. Die arme Mutter hatte so viel geweint, dass ihr die Augen gar leicht überliefen; der weiche Klang einer Stimme brachte sie schon zum Überfließen.

Die beiden Kleinen weinten auch, als sie ihre Mutter weinen sahen, denn sie hingen mit zärtlicher Liebe an ihr. Die Ursache des Kummers jedoch war ihnen fremd. Nur der älteste Junge verstand sie und ging leise umher. Die beiden anderen hatten den Tod noch nie gesehen. »Mutter, warum weint Schwesterchen nicht mehr?«, fragte das fünfjährige Mädchen. »Weil es jetzt beim lieben Gott ist, mein Kind.« – »Aber was tut Schwesterchen droben beim lieben Gott, Mutter?« – »Sie spielt mit ihren kleinen Geschwistern, mein Kind«, antwortete die Mutter mit tränenerstickter Stimme.

Glückliche Kinder, die nichts fühlen! Wenn Mutter hinausgegangen war, schlichen sie in die gute Stube und betrachteten neugierig ihr Schwesterchen, das mit Kupfermünzen auf den Augenlidern so ruhig und so weiß dalag. Und der Junge, der im siebenten Jahr stand und in den Kinderhort ging, erzählte dort den anderen Kindern höchst wichtig, dass er ein Schwesterchen habe, das tot sei und ganz ruhig liege. Die anderen Kinder bewunderten ihn deswegen und boten ihm Griffelstummel an, wenn sie mit ihm nach Hause gehen und das merkwürdige Schwesterchen ansehen dürften.

Nach des Kindes Tod ging der Schwede zunächst nicht zur Arbeit. Er sprach nicht und antwortete auch nicht, wenn seine Frau das Wort an ihn richtete; bis Mittag lag er im Bett, stand dann erst auf, zog seine Sonntagskleider an und ging in die Stadt.

Wenn er am Abend heimkam, war er betrunken. Dann setzte er sich wohl hin, schluchzte über der Leiche und überschüttete sich mit Selbstvorwürfen, die seiner Frau unverständlich waren. Und die Kinder mussten ihm Gesangbuchlieder vorsingen.

Ein Lied besonders mussten sie ständig wiederholen; er hörte ihnen mit gefalteten Händen und umflortem Blick andächtig zu. Es war ein Lied, in dem das tote Kind, triumphierend, dass es dieser sündigen Welt entronnen war, seinen trauernden Eltern Trost zuspricht und ihnen Vorwürfe über ihre Kurzsichtigkeit macht:

> *Gottlob, jetzt darf ich scheiden,*
> *Ihr Eltern; frei von Leiden*
> *Darf ich ins Paradeis!*
> *Nicht klaget um mein Leben.*
> *Dem lieben Gott mich geben*
> *Sollt ihr mit Lob und Preis!*

Ihn schien das Lied zu versöhnen, auf die Frau aber wirkten die Verse aufstachelnd, und es fiel ihr schwer, sich ihrer Forderung zu unterwerfen, obgleich das Lied im Gesangbuch stand. Die Trauer ihres Mannes widerte sie an; so sehr, dass ihre eigenen Tränen versiegten, wenn sie ihn am Abend in betrunkenem, schluchzendem Weinen an der Wiege sitzen sah.

Es war Mittwoch, vier Tage nach dem Tode des Kindes. An den vorhergehenden Tagen war dem ältesten Jungen erlaubt worden, der Mutter im Hause zu helfen, heute war er wieder in der Schule. In der großen Pause saß er im Schulzimmer und lernte seine Aufgaben; er hatte keine Lust, mit den anderen Jungen draußen Schneeball zu werfen und herumzutollen. Da hörte er von der Straße her Gejohle; während die anderen lachend in der Tür standen, kam ein Junge hereingestapft und rief, er solle herauskommen. Sie hatten sicherlich einen Spaß vor, und er schlenderte hinaus, um zu sehen, was es gäbe. Auf der Straße drängten sich die Jungen im Kreis um einen Betrunkenen. Sie warfen mit Schnee nach ihm und stießen einander zu ihm hin, er aber stolperte hin und her, um sie zu greifen, was sie zu immer größerem Jubel und immer tollerer Ausgelassenheit anspornte. Ach, dieser Betrunkene war sein Vater! Jäher Schrecken erfasste ihn; er konnte es nicht mit ansehen, sondern lief in die Schulstube zurück und versteckte sich vor dem grausamen Spott der Kameraden in einem Winkel. Zusammengekauert hockte er da und zitterte an allen Gliedern; so fand ihn der Lehrer. Die anderen Jungen mussten berichten, was geschehen war. »Wie herzlos Kinder doch sind!«, sagte der Lehrer, indem er ihm über die Wange strich. Dann schickte er ihn nach Hause. Daheim erzählte er der Mutter, was geschehen war; dabei weinte er bitterlich und schlief auf ihrem Schoß ein. Die Gemütsbewegung hatte ihn erschöpft.

Diesmal weinte die Mutter nicht. Aber etwas Hartes, fast eine Art Hass auf ihren Mann, quoll in ihr auf und zugleich eine gesteigerte Liebe zu den Kindern, die ihr noch geblieben waren. Den beiden Kleinen streute sie Zucker auf ihre Schmalzbrote, um sie damit auszusöhnen, dass sie zeitig zu Bett mussten; sie half ihnen auch beim Auskleiden und ging mit ihnen in den dunklen Boden hinauf, der der Familie als Schlafraum diente, und blieb bei ihnen, während sie ihr Abendgebet sprachen. Dann küsste sie sie, deckte sie gut zu und schläferte sie ein – sie sollten ihren Vater nicht in sinnlos betrunkenem Zustand sehen. Wieder unten in der Stube, nahm sie die Kleider zum Ausbessern vor, und ihr Ältester setzte sich noch an seine Schulaufgaben.

Gegen Abend kehrte der Schwede heim. Mit schweren Schritten kam er daher, und er brauchte lange, bis seine unsichere Hand den Türgriff fand. Der Junge ging hin und öffnete. Sein Vater sagte nicht guten Abend, sondern zog mit großer Anstrengung den schneebedeckten Überrock aus und hängte ihn über den Ofen, der unter dem Schneewasser zu spucken und zu zischen begann. Dann wollte er seine Schuhe ausziehen, musste aber den Versuch aufgeben, weil er das Gleichgewicht verlor. Mutter und Sohn sahen ihm ängstlich von der Seite her zu. Mit großer Mühe ging er an die Schlafbank, ließ sich schwer darauf nieder, legte die Arme auf den Tisch und blinzelte mit verschleierten Blicken vor sich hin.

Es war totenstill in der Stube.

»So, wollt ihr jetzt singen?«, murmelte er nach einer Weile, wie wenn er sich an die Kinder wandte.

»Sie sind im Bett«, erwiderte seine Frau.

»Im Bett«, wiederholte er gedehnt. »So, sie sind im Bett; so, also im Bett!« Und als keine Antwort kam, wiederholte er es ärgerlich.

»Für Kinder ist es am besten, sie sind im Bett, wenn ihr Vater …« Sie wagte nicht zu vollenden.

»Wenn ihr Vater heimkommt und betrunken ist, was? So, du meinst also, ich sei betrunken, was?«

»Das bist du doch wohl, wenn du es selber sagst – es heißt

ja, Betrunkene sagen die Wahrheit«, versetzte sie und ging darauf eilig in die Küche, wo sie sich am Herd zu schaffen machte.

In seinem umnebelten Blick flammte ein Blitz auf. »Ei, dann sollst du selber singen, jawohl! Du sollst singen an Stelle deiner Kinder – und du auch!« Damit schlug er nach dem Buch des Jungen, dass es zu Boden fiel.

Der Junge begann zu weinen, und die Mutter trat wieder in die Stube.

»Weine nicht, mein Junge; dein Vater mag sich von den Gassenjungen etwas vorsingen lassen, die halten ja zu ihm«, sagte sie, drehte ihm den Rücken zu und putzte, wie um ihre Worte ein wenig zu mildern, den Schmutz von seinem Überrock.

Der Schwede war von der Bank aufgestanden. Er stützte sich auf den Tisch, schwankte hin und her und gab sich alle Mühe, die Augen ganz zu öffnen.

Sein Gesicht hatte einen grübelnden Ausdruck angenommen; er fühlte, dass ihre Worte einen Stachel enthielten, erinnerte sich aber nur dunkel dessen, was am Nachmittag vorgefallen war.

»Gassenjungen! Was soll das heißen, Weib!«

Ihre Stimme bebte, als sie erwiderte: »Du weißt vielleicht nicht, dass der Junge hier seinen Vater unter dem Spott und Hohn der Gassenjungen dahintaumeln sah? Ja, es ist reizend, wenn der Name des Vaters zum Schimpfwort für seine Kinder wird!« Hier brach sie in lautes Schluchzen aus, sie konnte sich nicht länger beherrschen.

Ein Gefühl von Scham dämmerte in ihm auf, aber nur für einen Augenblick, dann lachte er spöttisch und nickte. »Das nennst du doch nicht singen, was? Du flennst ja! Wirst du jetzt singen oder nicht!« Drohend trat er auf sie zu.

»Ach Gott, ach Gott, er schlägt mich tot!«, schrie sie und flüchtete unwillkürlich an die Tür zur anderen Stube, wo die Leiche des Kindes lag; es war, als wolle sie bei ihm Schutz suchen. Aber schon hatte er sie gepackt. »Du sollst singen, Mutter!«, grölte er und fasste sie mit festem Griff um das Kinn. Der Griff zwang sie, den Mund zu öffnen; sie röchelte und riss sich mit einer heftigen Bewegung los, zog sich an der Tür und am Türrahmen weiter und schleppte ihn mit sich in die andere Stube.

Der Junge heulte, lief hinter dem Vater her und zerrte an ihm. Aber der Schwede schlug mit der Hand nach ihm und traf ihn so heftig auf den Mund, dass die Lippen bluteten. Da erscholl auf dem Boden über ihnen das Getrappel kleiner Füße; die beiden Kleinen kamen in ihren kurzen Hemdchen die Treppe heruntergestürzt und fingen sogleich an, mit dem ältesten Jungen um die Wette laut zu weinen.

In der andern Stube entwand sich die Frau dem Griff ihres Mannes und flüchtete in einen dunklen Winkel. Er wollte ihr nach, prallte aber gegen einen eisernen Kessel, der voll Wasser in der Mitte des Zimmers stand, um die Leichendünste aufzusammeln. Er fiel vornüber gegen den Tisch, auf dem das tote Kind lag, tastete vor sich hin, schwankte hin und her und griff der Leiche ins Gesicht. Da erwachte er zum Bewusstsein. Einen Augenblick stand er wie versteinert; dann ging er in die Wohnstube zurück, wo er, den Kopf auf den Armen, einschlief.

Die Mutter beruhigte die beiden Kleinen und brachte sie wieder zu Bett. Danach richtete sie die Schlafbank her, so gut es eben möglich war, und mit vereinten Kräften brachten sie und der Junge den Vater in eine liegende Stellung. Er war schwer wie Blei und half ihnen mit keiner Bewegung; es war ein hartes Stück Arbeit. Dann deckte sie ihn mit einigen Kleidungsstücken zu. Sie war empört über ihn, ihr war, als habe er die Leiche ihres Kindes geschändet. Sie küsste die geschlossenen Augen des kleinen Leichnams und legte die Kupfermünzen wieder zurecht, die der Betrunkene heruntergestoßen hatte.

Den nächsten Tag zog sich der Schwede sorgfältig an und ging wie gewöhnlich in die Stadt. Aber er kam zeitig zurück, und dazu ohne Rausch. Er brachte einen kleinen schwarzen Sarg mit, und die Mutter legte den Leichnam hinein. Den Kindern wurde ihr Sonntagsstaat angezogen, und am Nachmittag nahm der Schwede das Särglein unter den Arm, und alle miteinander wanderten mit der kleinen Schwester auf den Kirchhof hinaus.

Diese Ereignisse hatten bei dem Schweden einen starken Eindruck hinterlassen, deshalb nahm er sich kräftig zusammen. Wie gewöhnlich übertrieb er sogleich nach der entgegengesetzten Seite hin, hielt sich von allem zurück und trug seiner Frau den ganzen Wochenlohn nach Hause. Eine stillschweigende Versöhnung kam zwischen ihnen zustande;

sie war ihm dankbar für seine Enthaltsamkeit, und nachmittags gab sie dem Jungen einen in Strumpflängen gesteckten, eingewickelten Krug heißen Kaffee mit. Abends kam er mit seinem Buben zusammen nach Hause, las die Zeitung, die seine Frau für ihn geliehen hatte, ging alsbald zu Bett oder flickte draußen im Schuppen noch die Holzschuhe der Kinder.

Dies währte jedoch nur bis zur dritten Lotterieziehung. Die zweite Ziehung hatte in den ersten Tagen nach dem Tode des Kindes stattgefunden, und er hatte gar nicht darauf achtgegeben. Jetzt aber drehten sich seine Gedanken von Neuem um das Los.

Er kam wieder nicht heraus, und diese Niederlage ließ die Eindrücke der vorhergegangenen Erlebnisse verblassen; in der Erinnerung verdrehte und entstellte er die Tatsachen, und die Vorwürfe, die er für sich daraus abgeleitet hatte, verflüchtigten sich.

Und alles Frühere wiederholte sich. Er griff zum Schnaps, kam benebelt, kam betrunken heim, zuerst nur ab und zu, dann öfter – schließlich sinnlos betrunken. Er wurde anspruchsvoll; im Hause war nun Schmalhans Küchenmeister, und wenn er betrunken war, stieß er die alten Reden in noch stärkeren Ausdrücken als früher hervor: Weib und Kinder waren Bettelpack, Hunde, die ihm die Bissen vorm Mund wegschnappten. Wenn er nüchtern war, verhielt er sich still, machte sich aber auch keine Vorwürfe mehr.

Und der Winter ging seinen Gang.

Allmählich erschlaffte er, trieb sich mehr herum, machte

zeitig Feierabend und leistete weniger bei der Arbeit. Er brachte nur wenig Verdienst heim, manchmal auch gar kein Geld, niemals aber mehr, als für seinen eigenen Unterhalt nötig war.

Doch der Mut seiner Frau schien da zu beginnen, wo der ihres Mannes versagte, nämlich bei der Niederlage. Je schlaffer er wurde, desto tatkräftiger wurde sie. Sie kardete und spann für andere, wusch, verrichtete grobe Arbeit, die niemand anders übernehmen wollte, und war von früh bis spät tätig. Sie arbeitete Auge in Auge mit dem Hunger, aber er gelangte nicht über ihre Schwelle. Und mit der Verantwortung, die sie nach und nach übernahm, wuchs ihr Selbstbewusstsein, so dass sie nun dem, was sie sich von ihrem Mann bieten ließ, gewisse Grenzen setzte. Das wiederum verblüffte ihn und hielt sein rohes Betragen in Schach.

Es ging so weit, dass er unter ihrer Emsigkeit fast zu kurz kam: er musste das Essen nehmen, wie es war: schlecht, lauwarm, angebrannt – er war nicht mehr derjenige, um den sich alles drehte. Das machte das Verhältnis gespannter und trieb ihn noch mehr aus dem Haus.

Bald war er völlig fremd daheim. Seine Frau und die Kinder lebten für sich; sie feierten Geburtstage und erlaubten sich kleine Freuden, von denen er ausgeschlossen war. Das tat ihm weher, als er sich selbst eingestehen wollte. Es verlangte ihn nach der Fürsorge seiner Frau und nach der Vertraulichkeit der Kinder – es verlangte ihn jedenfalls zu wissen, dass er beides besaß; jetzt, da es vorbei war, entbehrte er es. Er versuchte, sich mit seinen Kindern zu beschäftigen; besonders wenn er halb betrunken war, spaßte und spielte mit ihnen, bis sie außer Rand und Band gerieten. Dabei gingen sie aber meistens weiter, als er in seiner reizbaren, alkoholisierten Gemütsverfassung zu ertragen gewillt war, und dann schlug er sie. Die Folge davon war, dass sie sich von ihm fernhielten und ihre Mutter sie zu Bett brachte, ehe der Vater heimkam.

Da arbeitete sich ein dumpfer Groll in ihm empor. Die Holzschuhe der Kinder blieben ungeflickt, er tat nichts dergleichen mehr. Wenn sie aber Löcher hineingestoßen hatten, sagte er drohend, er werde eiserne Stacheln in die Schuhe einsetzen, die ihnen die Füße zerfetzten; dann würden sie es wohl aufgeben, mit dem einen Schuh Löcher in den andern zu stoßen. Die Kinder glaubten es und weinten vor Angst, wenn ihre Holzschuhe entzweigingen; darauf ging ihre Mutter selbst in den Schuppen und besserte sie aus, so gut sie es vermochte.

Seit mehreren Jahren besaß die Familie eine Gans, die jeden Sommer Gössel hatte. Diese weideten die Kinder draußen auf den Stoppelfeldern, und zu Martini wurden sie verkauft. Im Winter ließ man die Gans laufen, wohin sie wollte, nur mussten die Kinder dafür sorgen, dass sie zur Nacht daheim war, denn sonst konnte sie einmal der Fuchs rauben. In der Regel kehrte sie auch zur Dämmerstunde von selbst zurück und wartete dann schnatternd vor dem Fenster, bis sie hereingelassen wurde. Bisweilen zog sie es jedoch vor, auf einem der Dorfteiche zu schlafen.

Eines Abends, als wütendes Schneegestöber herrschte, kehrte die Gans nicht heim. Da wurde den beiden Kleinen, die den ganzen Tag allein zu Hause gewesen waren, angst und bange, und Hand in Hand trotteten die hilflosen Kinder hinaus, das Tier zu suchen. Der Sturm peitschte und blendete sie, und erschöpft und jammernd kehrten sie zurück. Die Mutter war eben von einem sehr anstrengenden Waschtag nach Hause gekommen, lief aber sogleich wieder hinaus, um selber die Gans zu suchen. Zuerst ging sie zu den Nachbarn, die auch Gänse hatten – die ihrigen waren heimgekehrt, aber die gesuchte war nicht dabei gewesen. Dann kämpfte sie sich durch die Straßen, immer vorwärts aufs Geratewohl. Sie lief von Dorfteich zu Dorfteich und weit auf die Felder hinaus. Vor lauter Schneegestöber konnte sie kaum etwas sehen, und schließlich brach die Dunkelheit herein – ein längeres Suchen war hoffnungslos. Aber die häufigen Auftritte daheim hatten die Frau verängstigt, und obgleich ihr Mann es nicht mehr wagte, sie zu schlagen, zitterte sie doch bei dem Gedanken an einen neuen Streit. Sie suchte weiter und weiter. Wo sie etwas Graues im Schnee erblickte, lief sie darauf zu – aber ach, es war jedes Mal nur ein Stein! Nun arbeitete sie sich über den Teich zum Bach hinunter, der nie gefror; vielleicht lag die Gans im Abfluss. Doch da war sie auch nicht. Immer weiter ging die arme Frau den Bach entlang, bis zu der Stelle, wo er ins Meer mündete, und auch dann lief sie noch spähend ein Stück den Strand hinunter. Es war jetzt ganz dunkel geworden, und da fiel ihr plötzlich ein, dass ihr Mann nun wohl bald nach Hause kommen werde. Wenn er vor ihr heimkehrte und die Sache entdeckte, dann hatten es die Kinder auszubaden. Also zurück nach Hause, rasch, rasch! Wenn er es nur an diesem Abend nicht merkte, morgen würde sich die Gans gewiss von selbst einstellen! Zum ersten Mal in ihrem Leben wünschte sie, ihr Mann möge betrunken von der Arbeit kommen.

Er kam nur ein wenig benebelt heim, und die Frau ging in beständiger Angst umher, er werde in den Schuppen gehen und es merken. Sooft er aus irgendeinem Grund von seinem Stuhl aufstand, fuhr sie zusammen. Aber der Abend verging, und es wurde Schlafenszeit.

Sie beeilte sich, ins Bett zu kommen, er aber zündete seine Holzpfeife an und schlenderte in den Hof hinaus. Auf dem Rückweg blieb er vor dem Gänsestall stehen und redete drauflos, und da er keine Antwort erhielt, stieß er ärgerlich mit seinem Stock hinein. Der Stall war leer.

Schnurstracks stieg er hinauf in den Bodenraum, trat ans Bett seiner Frau, riss ihr die Decke weg und schrie drohend: »So, du meintest am besten dabei wegzukommen, wenn du dich ins Bett verkröchest! Nein, da wird nichts draus, Mutter!«

Sie war auf der anderen Seite des Bettes hinausgesprungen und stand nun, vor Kälte zitternd, in dem offenen Bodenraum.

Er ging um das Bett herum und trat dicht vor sie hin. »Du ziehst sofort deine Lumpen an und suchst sie! Und dass du dich unterstehst wiederzukommen, ehe du sie gefunden hast!«

Eine Viertelstunde später arbeitete sie sich mit dem ältesten Jungen über die Strandhügel ans Ufer hinunter. Der Sturm fegte ihnen Eisnadeln ins Gesicht, während sie den Strand absuchten und immer wieder riefen: »Bejta! Komm, Bejta!« und dann eifrig lauschten. Wellen rauschten in dem mit Eiskristallen bedeckten Tang, und im Wasser knirschten Eisstücke gegeneinander, sonst kein Laut weit und breit. Weiter ging es den Strand entlang, hin und her. Plötzlich hörten sie in der Nähe eine Art Antwort, da blieben sie stehen und riefen wieder, herzlich und lockend. Richtig, ein Stück weiter draußen im Wasser schnatterte die Gans, wollte aber nicht ans Ufer kommen. Lange standen die beiden ratlos, vom Frost geschüttelt, am Ufer, wagten sich aber nicht nach Hause. Schließlich sprang der Junge ins Wasser, und die Mutter hielt ihn nicht zurück; er watete mitten durch die Eisschollen, um die Gans herum, bis er sie vor sich hatte und so ans Ufer trieb. Nun hieß ihn die Mutter eilends nach Hause laufen, damit er sich nicht erkälte. Daheim zog sie ihm die eisigen, gefrorenen Kleider aus, schickte ihn zu Bett und legte ihm eine heiße Wärmflasche unter die Füße.

Eigentlich krank wurde der Junge nicht von der Jagd zwischen den Eisschollen, aber er litt danach an einem sonderbar rasselnden Husten, der nicht wieder vergehen wollte; in den Tagen unmittelbar darauf klagte er auch über Kopfschmerzen, und es fror ihn beständig. Da setzte es seine Mutter durch, dass er vorläufig nicht in den Steinbruch zu gehen brauchte.

Nun saß er daheim und half der Mutter beim Karden und

Stricken. Öfters las er ihr vor oder spielte mit seinen Geschwistern, und dann waren sie recht vergnügt miteinander. Ab und zu nahm er auch Stiefel und Schlittschuhe und versuchte es auf dem Eise, aber die Kälte bedrückte ihn, und er hatte nicht mehr Spannkraft genug, sie zu überwinden. Da saß er in seiner freien Zeit lieber am Ofen und las in seinen Büchern. Seine Augen hatten einen eigenen Glanz angenommen, der seiner Mutter nicht entging und sie sehr beunruhigte.

Dem Schweden war es eine Erleichterung, dass der Junge nicht mehr in den Steinbruch kam; seine Anwesenheit hatte ihm doch stets eine Art Fessel bedeutet, denn der Junge erzählte alles zu Hause. Außerdem war er manchmal fast nicht heimzuschicken gewesen, wenn der Schwede ins Wirtshaus wollte. Allerdings hatte der Vater hin und wieder versucht, den Jungen auf seine Seite zu ziehen, aber das war ihm nicht mehr gelungen. Seit dem Tode seines Schwesterchens hing er zu fest an der Mutter.

Der Winter ging zu Ende. Es war abends sechs Uhr, und die Dämmerung brach an. Die Frau des Schweden war eben dabei, die Kleinen ins Bett zu bringen. Auf der Schlafbank im Wohnzimmer saß der Junge und sah durch das Fenster unverwandt auf die große Bucht mit den vielen Schiffen und den hohen Wellen, die vom Bottnischen Meerbusen bis hierher wogten. Vorsichtig stieg die Dunkelheit aus dem Meer, stahl sich kriechend, gebückt übers Land und schlüpfte an dem Jungen vorbei in die Stube. Als er sich umdrehte, war es hinter ihm so dunkel geworden, dass ihm ganz angst wurde. Aber sobald die Mutter hereintrat und sich zu ihm setzte, fürchtete er sich nicht mehr. Jetzt klangen draußen Schritte, und jemand klapperte mit einer Leiter; es war der Laternenanzünder, der die letzte Straßenlaterne anzündete, gerade vor ihrem Fenster. Als er die Leiter wieder anhob und weiterging, stieß er an ein leeres Bierfass, das neben der Pforte stand, so dass es mit hohlem Klang auf die Straße rollte.

Die Mutter fuhr zusammen. »Ist das der Fuhrmann?«, fragte sie erregt.

»Nein, Mutter, es war der Laternenanzünder.«

Nun rückte die Mutter ans Fenster und spann beim Schein der Straßenlaterne.

Das Rädchen schnurrte behaglich, die Laterne warf einen Schimmer wie von halbklaren Mondstrahlen auf den Fußboden, und vom Fußbodensand glomm es bisweilen auf wie ein scharfer Blitz. Das Dunkel war tief in die Stubenwinkel gekrochen, und draußen hatte es um die Sterne einen bedrohlichen Halbkreis gezogen. Der Junge stopfte den Ofen mit trockenem Tang voll, der sofort zu knistern und zu knattern begann; dann setzte er sich zu seiner Mutter Füßen auf den Boden und hielt sich an einem Zipfel ihrer Schürze fest.

»Du bist ein richtiges Mädchen«, meinte sie lächelnd. Und sie strich ihm mit der Hand übers Haar, ohne ihr Spinnen zu unterbrechen.

»Er kommt nicht«, sagte sie plötzlich und hielt das Spinnrad an.

»Wer kommt nicht, Mutter?«

»Der Bierwagen, Kind; aber nun kommt dein Vater bald, und wenn ich ihm morgen kein Bier mitgebe, wird er böse.«

Der Junge erwiderte nichts.

»Du wirst den Eimer nehmen und in der Brauerei zwei Maß holen müssen.«

»O Mutter, darf ich nicht bis morgen früh warten? Heute Abend sind bestimmt Betrunkene auf der Straße.«

»Nein, mein Junge, im Winter stehen nur arme Leute morgens um vier auf.«

Doch jetzt rasselte ein Wagen die Straße herunter. Schwer und geräuschvoll rollte er auf dem Steinpflaster auf das Haus zu, dass es im Ofen sprühte. Hier hörte das Pflaster auf, und nur die Hufschläge waren noch zu vernehmen, als das Fuhrwerk durch den Laternenschein fuhr und entschwand.

»Der fuhr ja wie der Hufschmied von Dyndeby«, bemerkte die Mutter und ging hinaus, den Eimer zu holen.

»Wer ist der Hufschmied von Dyndeby, Mutter?«

»Das erzähle ich dir, wenn du das Bier geholt hast. Aber nimm dich in Acht, dass Vater dich nicht sieht! Denn wenn er erfährt, dass der Bierfahrer nicht da war, ist der Teufel los. Er macht uns die Hölle sowieso heiß genug.«

»Aber du kannst doch nichts dafür, dass der Bierfahrer nicht bis zu uns herausfahren mag.«

»Ach, mancher muss für Dinge leiden, die er nicht verschuldet hat. – Geh jetzt, mein Junge!«, mahnte sie und band ihm ein Tuch um.

Sie selber durfte nicht gehen, so gern sie den schwächlichen Jungen auch geschont hätte; sie wagte es nicht, aus dem Hause zu sein, wenn ihr Mann heimkam.

Die erstarrte Hand fest um seine fünf Öre geballt, lief der Junge atemlos an den Steinmäuerchen entlang. Er fürchtete sich im Dunkeln, wenn auch erst, seit er körperlich so elend geworden war. Schon bald war er zurück.

»Gott sei Dank!«, sagte die Mutter, die an der Pforte auf ihn gewartet hatte.

In der Stube stellte der Junge seiner Mutter einen Stuhl an den Ofen und setzte sich selbst auf den Rand der Holzkiste.

»Ich muss aber im Laternenschein sitzen bleiben und weiterspinnen«, erklärte die Mutter, über seine Vorbereitungen lächelnd.

Und während sie von dem Hufschmied von Dyndeby erzählte, der es so toll getrieben hatte und schließlich von seinen eigenen grauen Hengsten zerstampft worden war, saß der Schwede mit einigen Kameraden in der Schenke und würfelte um Runden. Der Schwede verlor, und all sein Geld ging drauf. Als die anderen gehen wollten, war er stark betrunken und verlangte noch ein Spiel. Aber keiner wollte mithalten. Da warf er sein Lotterielos auf den Tisch und fragte, ob nicht um diesen Einsatz jemand noch eine Partie mitspielen wolle. Johan Svendsen ging darauf ein und gewann. Danach torkelten alle nach Hause.

Die Mutter war mit der Geschichte fertig, und es war spät geworden, so spät, dass die Laterne bald gelöscht werden würde.

»Wahrscheinlich hat dein Vater die Absicht, uns die ganze Nacht wach zu halten«, bemerkte die Frau schweratmend.

»Ach, Mutter, können wir nicht die Tür verschließen und zu Bett gehen?«

»Dann sperren wir ihn ja aus, Junge!«

»Was täte das?«

Sie schwieg. Sie wollte den Jungen nicht ermuntern, sich über seinen Vater auszulassen, aber es war ihr auch nicht möglich, ihn zu tadeln.

Und sie warteten.

Endlich erschollen Schritte auf der Straße, schwere, schwankende Schritte. Mitunter klangen sie unregelmäßig schnell, mitunter verstummten sie ganz, und Mutter und Sohn lauschten mit angehaltenem Atem. Die Schritte erreichten die Hoftür und hielten an. Für einen Augenblick war es ganz still, dann ertönte ein schwacher, dumpfer Laut, wie von einer Schulter, die gegen eine Tür schlägt, dann ein Herunterrutschen an der Pforte und dann ein schwerer Fall, unter dem die Tür nachgab.

Die Frau des Schweden war aufgesprungen und stand mitten im Zimmer, vorgebeugt, mit hängenden Armen. Der Junge hatte die Beine auf die Kiste heraufgezogen, er machte heftige, krampfhafte Bewegungen und verzerrte wild das Gesicht. »Geh hinaus, Mutter!«, rief er. »Ich getraue mich nicht«, stöhnte sie leise. Da sprang der Junge auf und lief zur Tür, doch im Flur blieb er, am ganzen Leibe zitternd, stehen. Da fasste sie sich ein Herz; sie stieß die Haustür auf, und nun gingen beide Hand in Hand ängstlich die Giebelwand entlang. Erst als sie beim Laternenschein seinen Überrock und seine Mütze erkannten, wurden sie mutiger und wagten sich ganz ans Tor. Da lag der Schwede zusammengesunken auf der Erde, den Kopf vornüberhängend. So schwer betrunken hatte ihn noch keiner von ihnen gesehen; seine Frau wandte vor Abscheu das Gesicht ab, der Junge brach in Tränen aus.

Sie schleiften ihn durch die Pforte herein, damit sie geschlossen werden konnte, dann aber waren sie erschöpft und wussten nicht weiter; ratlos und bedrückt standen sie an der Giebelwand.

Da ertönten Schritte auf der Straße und das Klappern einer Leiter.

»Das ist der Laternenanzünder«, sagte der Junge, »er kann uns helfen.«

Aber sogleich durchzuckte die Mutter der Gedanke an ihre Schande. Rasch lief sie hin, die Tür abzusperren. »Nein, eher soll er hier liegenbleiben, der Schweinekerl«, murmelte sie, vor Zorn und Erbitterung bebend; sie war nicht fähig, sich länger zu beherrschen.

Der Laternenanzünder pfiff einen Gassenhauer, während er die Leiter anlegte, hinaufkletterte und die Laterne löschte. Hinter der Pforte aber standen die beiden eng aneinandergedrängt in tiefer Verzweiflung. Doch als der Junge den Mann fortgehen hörte, fing er laut zu weinen an und rief: »Aber Mutter, er kann hier sterben!«

Diese Worte rüttelten die Frau auf. Sie nahm all ihre Kraft zusammen und beugte sich über ihren Mann. Dann fassten sie und der Junge ihn bei den Schultern und schleiften ihn Schritt für Schritt hinein. Sie hoben und schleppten unter Aufbietung aller Kräfte, bis in der Dunkelheit feurige Funken vor ihren Augen tanzten. Endlich hatten sie ihn in der Küche, aber da drehte sich alles vor ihr im Kreise, und es wurde ihr übel. Sie mussten den Mann auf dem Fußboden liegen lassen, und mithilfe des Jungen wankte sie ins Bett. Die ganze Nacht war sie sehr krank, und am Morgen gebar sie ein Kind, das viel zu früh auf die Welt kam und sogleich starb. Der Arzt wurde geholt, er fürchtete für ihr Leben.

Gegen Morgen war der Schwede erwacht und hatte das Stöhnen seiner Frau gehört. Jetzt war er wieder ganz bei sich und imstande, die Dinge so zu sehen, wie sie waren. Sofort wollte er indes nicht klein beigeben. Was konnte er dafür, dass sie sich überanstrengt hatte? Sie hätte ihn ja draußen liegen lassen können. Aber in seinem Gewissen stieg drohend eine Selbstanklage um die andere auf, und sie umringten ihn, bis er schließlich die Schuld ganz trug. Und da kam die Zerknirschung über ihn. An diesem Tag blieb er daheim, machte heißes Wasser für die Kranke und kochte für die Kinder Essen.

Jetzt wusste er nicht, was er ihr zuliebe alles tun sollte. Jede Bewegung war eine Abbitte, ein Flehen um Verzeihung des Geschehenen, obgleich er es mit keinem Wort berührte. Er holte eine Nachbarin, dass sie für den Haushalt und seine Frau sorge; er selbst stand sehr früh auf, kochte Kaffee, war dann fleißig bei der Arbeit und kam beizeiten heim. Er schaffte auch das Bett in die Wohnstube hinab, damit seine

Frau es behaglicher habe, beratschlagte mit den Kindern und der Nachbarin alles, was fürs Haus herbeigeschafft werden musste, sorgte dafür, dass es an nichts mangelte, und sah auch selber nach dem Rechten.

Abends saß er an ihrem Bett und hielt ihre bleiche Hand in der seinen, sprach mit ihr über die Kinder und das Haus, erzählte ihr auch ergötzliche Vorkommnisse vom Arbeitsplatz. Außerdem nahm er Vorschuss auf seinen Wochenlohn und brachte ihr eine Flasche Kirschwein zur Stärkung.

Er war glücklich bei diesem neuen Leben, und durch das befreiende Gefühl, dass etwas Entsetzliches hinter ihm lag und überstanden war, empfand er das Wohlbehagen eines Genesenden. Nun war es vorübergezogen, alles miteinander. Mit dem Trinken war es vorbei, mit dem Lotteriespiel war es vorbei. Gott sei Dank, von dem verwünschten Los war er befreit! Vielleicht war es der liebe Gott selbst, der ihn davon befreit hatte; das Ganze erschien ihm fast als ein Werk der Vorsehung, die ihm wohlwollte und ihn darum so hart angefasst und geschüttelt hatte. Nun war er glücklich und zufrieden mit sich und seinem Heim.

Die Frau des Schweden durfte jetzt ein wenig aufstehen. Ihr Gesicht war noch blass, wirkte aber glücklich; nur gegen Abend nahm es einen gequälten Ausdruck an: da wartete sie mit ängstlicher Spannung auf die Rückkehr ihres Mannes. Sie konnte den Gedanken nicht loswerden, dass er eines Tages rückfällig werden würde. Allein, es verging eine Woche, es vergingen zwei, und er wurde nicht rückfällig, änderte auch sein Betragen zu Hause nicht.

Es war Tauwetter eingetreten, und die Frau des Schweden, wenn auch noch schwächlich und gebückt, besorgte ihren Haushalt. Da trat eines Tages der Lotterieeinnehmer zu ihr in die Stube und teilte ihr mit, dass ihr Mann viertausend Kronen gewonnen habe.

Sie war so erschüttert von der guten Botschaft, dass sie sich setzen musste. Ach, sie konnte es nicht fassen; so viel Glück schon vorher und nun dies dazu. Es überwältigte sie fast. Sie hatte in ihrem Unglück den Gott im Himmel nicht vergessen, sie vergaß ihn auch jetzt nicht, sondern dankte ihm von ganzem Herzen für seine unendliche Güte.

Dann aber kehrte ihre Tatkraft zurück. Sie putzte den Jungen und schickte ihn mit der guten Nachricht in den Steinbruch. Und als er fort war, begann sie, ganz berauscht von Glück und Dankbarkeit, das Haus schön instand zu setzen und die Kinder festlich zu schmücken.

Der Junge lief den ganzen Weg und sprang wie ein Zicklein über die Hügel.

Die Arbeiter versammelten sich um ihn, und der Schwede, der weiter oben tätig war und eben eine Mine lud, kam auch herbei. »Das Los ist herausgekommen!«, riefen sie ihm zu. »Du hast Johan Svendsen viertausend Kronen in die Tasche gestopft! Das war ein abscheulicher Missgriff, du! Ein teures Spiel, jawohl!« Und sie umringten ihn lachend. Er erwiderte nichts, sondern wandte sich jäh um und kehrte an seine Arbeit zurück.

Im nächsten Augenblick ertönte das bekannte »Achtung!«, dem unmittelbar ein lauter Knall folgte. Brocken und Steine erhoben sich gleich einem gewaltigen Springbrunnen in die Luft, und die Arbeiter liefen verwirrt in Deckung.

Als die letzten Felsstücke zur Erde gefallen waren, gingen sie an den Ort, wo der Schwede gearbeitet hatte. Die Mine war in die Luft gegangen und er mit ihr.

»Er hat die Pulverladung mit der Stahlstange statt mit dem Holzpflock angebracht«, sagte einer der Männer. Keiner glaubte an ein Versehen. »Ja, er hat vor nichts Angst gehabt!«, stimmte ein anderer bei.

Daheim aber buk seine Frau eifrig Apfelküchlein und vermochte sich gar nicht vorzustellen, was sie mit dem vielen Geld anfangen würden.

Eines Frühlingstags, sechs Tage danach, als die Sonne den meisten Schnee geschmolzen hatte, fuhr der Leichenwagen mit den Überresten des Lotterieschweden zum Kirchhof. Hinter dem Wagen gingen seine Frau und drei Kinder mit Kränzen in den Armen; der Älteste weinte, die Kleinste sah sich wichtigtuerisch um. Ihnen folgten viele Arbeiter.

Vor dem Postgebäude schloss sich ein kleiner Herr mit Brille dem Zug an – das war der Lotterieeinnehmer.

Vor dem Kirchhoftor fuhr der Wagen über die schmutzigen Reste einer Schneewehe, und da knackte etwas unter den Rädern. Einige grüne Flaschenscherben kamen zum Vorschein, und die, die am nächsten hinter dem Sarge hergingen, meinten Branntwein zu riechen.

Zwei kleine Jungen saßen vor dem Hause des Lotterieschweden auf der Treppe. Sie spielten, sie wären Arbeiter, und hatten ein paar ausgediente alte Kegel, die sie aneinanderstießen und zum Munde führten wie Schnapsflaschen.

»Jetzt ist dein Vater tot, du!«, sagte der eine.

»Ja, das weiß ich wohl!«

»Jetzt ist dein Vater ein Engel!«

Wenn die Not am größten

In dem kleinen Fischerdorf Kaas war Schmalhans Küchenmeister; der Fang war während des ganzen letzten Jahres mehr oder minder fehlgeschlagen, und ein ehrliches Wrack gehörte nachgerade zu den Seltenheiten, denn die Seeleute waren von all dem Studium auf Steuermannsschulen und dergleichen so vertrackt klug und aufmerksam geworden. Und dazu kamen noch die modernen Erfindungen: Leuchttürme und Sirenen und wer weiß wie viele andere Einrichtungen, die fleißigen und strebsamen Leuten das Brot vom Munde wegnahmen.

Man brauchte in dem kleinen Dorf zwar noch nicht ganz und gar zu verhungern, aber zu mehr als gesalzenem Dorsch oder Hering, mit Kartoffeln gekocht und mit Mehlbrühe serviert, wollte es eben durchaus nicht reichen. Fleisch! – Wer dachte an Fleisch in diesen schlechten Zeiten! Man wusste kaum noch, wie das schmeckte, so lange war es her, seit man im Fischerdorf zum letzten Mal Fleisch gesehen hatte. – Und der Schnaps? Ja, den trank man freilich noch unten in der Fischerkneipe, aber es geschah »auf Pump«, und gleichwohl lag er einem schwer im Magen, wenn man dabei an Weib und Kind dachte.

Es war wahrhaftig kein Pläsier, unter solchen Umständen Familienernährer zu sein. Denn was wollte man anfangen? Ein Boot zum Fischfang ins Meer zu lassen war vergeblich und hieß nur, unnütz die Geräte zu gefährden. Die wenigen Fische, die einst da gewesen waren, hatten sich anderwärts hingezogen und durften nicht so bald zurückerwartet werden. Nein, das einzige Rettungsmittel war ein rechter dichter, klafterdicker Nebel, der die Schiffe den Weg um die Landzunge herum verfehlen ließ.

Im »Dorf«, das jenseits der Landspitze innen an der Bucht lag, sah es nicht besser aus. Nur mit dem Unterschied, dass man da drinnen unter den Felsen geschützter hauste und eher etwas im Kachelofen entbehren konnte. Auch hier hatte man das Vertrauen zu sich selbst verloren und seine Zuversicht auf die Vorsehung gesetzt; betete man aber in Kaas auf der Landspitze um Nebel, so betete man im »Dorf« um einen plötzlichen Sturm von See her als dem Einzigen, was Hilfe bringen könnte.

Es schien, als sollten die Fischer im »Dorf« zuerst erhört werden.

Längere Zeit hindurch hatte ein gleichmäßiger Landwind geweht; jetzt wuchs er allmählich zum Sturm an und ließ das Wasser in der Bucht tief unter den normalen Wasserstand absinken. Und Schiff auf Schiff kam um die Landspitze herum und ging in der Bucht vor Anker, um dort den Sturm abzureiten – bis zuletzt gegen zwanzig Fahrzeuge versammelt waren.

Die Fischer in Kaas wussten so gut wie jedermann, dass

dieser Wind denen im »Dorf« binnen zwei Tagen Fleisch auf den Tisch bringen würde, und der Hunger ließ sie ihren Stolz überwinden und Boten hineinschicken mit dem Vorschlag einer Beteiligung an der Bergungsarbeit, die recht beträchtlich zu werden versprach. Aber zwischen den beiden Dörfern herrschte Feindschaft, und so wies man sie ab.

»Hast du den Sack verloren?«, fragte man den Überbringer des Anerbietens, was eine Anspielung darauf sein sollte, dass er sich auf einem Bettelgang befand. »Sollen wir dir einen neuen schenken?«

Als die Leute in Kaas das hörten, waren sie erbittert und gedachten sich dadurch zu rächen, dass sie zu den vor Anker Liegenden hinführen und sie warnten. Aber man gab es wieder auf. Es könnte doch allerlei ruchbar werden, wenn man erst einmal so anfing.

Sie begnügten sich also damit, missgünstige Zuschauer abzugeben, als der Sturm richtig nach zwei Tagen umschlug, nun von See her wehte und zum Orkan wurde. Oben auf den Anhöhen der Landzunge standen sie in Gruppen und warteten auf den Augenblick, da der Sturm sekundenlang rasten und dann plötzlich in kurzen, heftigen Stößen ausbrechen würde, die wie Explosionen in den Felsen schallten. Der Sturm legte sich dann auch wirklich für eine kurze Weile und verfiel endlich in gleichbleibendes Toben.

An Bord der Fahrzeuge wurde es plötzlich lebendig. Im Nu tummelte sich die Mannschaft auf Deck, und der Sturm peitschte abgebrochene Rufe an Land, da einen abgerissenen Klang von den Handspaken am Gangspill beim Einholen der Anker, dort das heftige, singende Kratzen der eisernen Ketten, wenn die Ankertrossen von den Weitestblickenden gekappt und im Stich gelassen wurden. Man konnte an der Anspannung erkennen, dass die dort draußen wussten, was es galt; die Mannschaften kletterten wie Eichhörnchen in der Takelage herum, und Schiff um Schiff ging hart an den Wind und stampfte gegen See und Wetter hinaus.

Ein dunkler Streifen schoss von jeder Landzunge vor; die beiden Streifen stießen schräg in einer schäumenden Spitze zusammen und wanderten in die Bucht hinein, bis sie sich mehr und mehr zu einem geraden Strich vereinigten. Es war das Hochwasser, das dem umgesprungenen Wind auf den Fersen folgte. Drinnen auf der Reede begegnete es dem ablaufenden Ebbstrom, und es gab eine wilde Kabbelsee. Die Schiffe arbeiteten so heftig, dass ihre Vorgeschirre in die Wellen schlugen, und wenn die See sie aus der Schräglage emporschleuderte, schlug der Sturm in die Segel, dass sie mit einem Krach zerrissen und in der Luft knallten. Aber eines nach dem anderen legten sich die Schiffe wieder auf die Seite, dass die Rahen fast ins Wasser tauchten, gingen hart an den Wind und schlüpften um die Kaaser Landzunge.

»Werden sie herumkommen?« Das war die spannendste Frage für alle Zuschauer da oben. In ihre Richtung strebten sie nämlich, weil das Land hier nicht so weit vorsprang. Und jeder Segler wurde auf seiner Fahrt um die Landspitze herum von vielen gespannten Blicken verfolgt. Einen Augenblick lang sah es aus, als wollte ein großer Dreimaster stranden; er saß plötzlich fest, und ein Mast knickte um. Eine kurze

Minute wiegte er sich wie ein Schaukelpferd auf dem Grund, dann aber kam er wieder frei, und die Hoffnung erlosch. Eine See musste ihn hinübergehoben haben, oder vielleicht war es der durch den Bruch des Besanmastes veränderte Druck auf die Segel, der ihn wieder flottgemacht hatte.

Unten in der Bucht lagen noch fünf Schiffe und machten es sich bequem – sie bauten auf ihre Anker. Sie lagen da und ritten auf strammen Ankertauen, den Steven nach draußen gerichtet und Deck und Takelage aufgeklart, um Wind und Wasser einen möglichst geringen Widerstand zu bieten.

Drinnen an der Küste beim »Dorf« gingen die Fischer auf und ab oder standen in Haufen hinter den an Land gezogenen Booten herum. Mit diesen »Nachzüglern« hatten sie gerechnet, und sie ließen sich nicht dadurch beirren, dass die Schiffe sich anscheinend gut hielten, sondern trafen bedächtig ihre Vorbereitungen zur Rettung von Leuten und Ladung.

In Kaas sprach man viele Tage lang von nichts anderem als von dem Fang, den die Fischer im »Dorf« gemacht hatten. Drei der fünf Schiffe waren wrack geworden, und der Bergungslohn würde sich wohl auf einige hundert Mark pro Mann belaufen. Und hier in Kaas nagte man nach wie vor am Hungertuch!

Aber nicht genug damit! Derselbe Sturm, der denen da drinnen Wohlstand brachte, hatte hier eine der beiden Molen zerstört, so dass es vielleicht Tausende kosten würde, sie wieder instand zu setzen. Und dieser Hafen war für teures Geld angelegt worden, teils um den Handel nach Kaas zu ziehen, hauptsächlich aber, um den Einwohnern vom »Dorf« in die Nase zu stechen. Und da drinnen, wo sie nicht einmal einen Hafen hatten, sondern die Boote auf das nackte Ufer hinaufziehen mussten, da hatten sie nun drei ganze Wracks zum Knabbern und Beißen und konnten jede Nacht Festtafel halten, während man hier hungerte!

Und die Rettung, die einzige Rettung – der Nebel – blieb aus!

Aber eines Morgens, als die Fischer sich wie gewöhnlich am Hafen versammelten, war er da und hing so dick über dem Wasser, dass man nicht von Mole zu Mole sehen konnte.

Alle die harten Gesichter lebten merklich auf – endlich schlug die Stunde der Genesung.

Allerorten wurde die lärmende Arbeit am Hafen untersagt, man sandte Knaben nach allen Seiten aus mit dem Befehl, sich still zu verhalten. Das ganze Dorf sprach buchstäblich im Flüsterton und schlich auf Socken umher, um den Schiffen durch keinen Laut zu verraten, wo sich das Land befand. Man stellte Posten auf den äußersten Felsen der Landzunge aus, und die Fischer zogen scharenweise hinab zum »Pfannküchlein«, der Dorfkneipe, um ein wenig Vorschuss auf das Glück zu nehmen.

Aber der Tag verstrich und die Nacht dazu, ohne dass ein Schiff sich meldete. Selbst diejenigen, die stets nur das Beste voraussahen, verloren den Mut, als sie am nächsten Morgen aufstanden und hörten, wie die Dinge standen. Und es gab keinen Zweifel, dass der Nebel sich am Vormittag lichten würde, sobald die Sonne die rechte Macht erhielt.

Als sie jedoch frühmorgens am Hafen standen und dies erörterten, ließ sich ein starkes Scheuern von Eisen auf dem Felsen vernehmen, und gleich darauf drang eine schrille Bootsmannspfeife durch den Nebel, der kräftige englische Kommandorufe folgten.

Ohne Zweifel war es ein Dampfer, der noch dazu ganz nahe herangekommen war! Was mochte er wohl geladen haben? Jeder tippte auf das, was er augenblicklich als das höchste aller menschlichen Güter betrachtete; einer hoffte fest auf Geräuchertes, ein anderer auf Kognak.

Man traf schon Verabredungen, was man für das Flottmachen des Schiffes verlangen solle, als starker Lärm über das ruhige Wasser herüberdrang, wie wenn auf Fässer geschlagen würde. Kurz darauf folgte ein durchdringender Petroleumgestank – auf dem Schiff waren sie also schon dabei, sich der Deckladung zu entledigen! Rasch wurde die Diskussion abgebrochen und ein Boot hinausgeschickt, um Hilfe anzubieten. Aber der Kapitän, der nun plötzlich jeden kleinsten Laut vom Land her hören konnte, hatte Unrat gewittert und war wütend. Er schimpfte – und schwor, er wolle keine Hilfe, selbst wenn Schiff und Ladung in die Brüche gingen. Solche Schurken und Taugenichtse, die nicht einmal eine Hafenglocke läuteten, wenn es neblig geworden war! Aber nach ihm könnten sie sich lange das Maul lecken! Haie und Strandräuber, die sie wären!

Sie mussten also unverrichteter Dinge heimkehren; und am späten Vormittag, als die Sonne den Nebel zerstreut hatte, war von dem Engländer nichts mehr zu sehen als eine

Rauchsäule in der Ferne. Aber das Meer wogte in den prächtigsten Farben, und auf der buntscheckigen Ölfläche schaukelten zahlreiche Fassdauben leise auf und nieder.

Da sank die Stimmung in dem kleinen Dorf weit unter den Nullpunkt, und auf die schmalen Gesichter legte sich ein Hauch des Schreckens; es war der Schrecken von Leuten, die fühlen, dass sie gegen das unerbittliche Schicksal selbst ankämpfen. Hier blieb nichts anderes übrig, als den Hosenriemen enger und enger zu schnallen, je mehr der Magen abnahm, und ruhig den Tag abzuwarten, da der Hunger sich an die Gedärme selbst machte. Was denn auch sonst? Die Vorsehung selber hatte sie ja zu kurz kommen lassen, als sogar das mit dem Nebel fehlschlug!

Und viele Tage hindurch beugte man sich vor dem Unabänderlichen und ließ den Kopf hängen.

Allmählich aber erwachte in dem einen und anderen die zähe Natur wieder, und man fing an, nachts darüber zu grübeln, ob es nicht das Beste wäre, die Dinge selbst in die Hand zu nehmen. Und in einer schönen Nacht, als der Mond im letzten Viertel stand, brachte man an den äußersten Felsen der Landzunge eine rote und eine grüne Laterne im Abstand einer Schiffsbreite voneinander an. Wachen standen draußen, die die Laternen auslöschen sollten, sobald diese ihre Wirkung getan hätten. Dieses Experiment wurde Nacht für Nacht wiederholt.

Eines Nachts saßen im »Pfannküchlein« einige Fischer beisammen und hielten »Wachstube«. Es war spät geworden, aber sie mochten nicht heimgehen und die hungrigen

Mienen der Frauen und Kinder ansehen; überdies hatten sie Fieber im Blut und konnten nicht schlafen. Es zog sich in die Länge mit dem Experiment da draußen an den Felsen, und mit jeder Nacht, die ergebnislos verlief, wurden sie nervöser.

Am Tischende saß Tran-Jakob, ein riesengroßer Fischer mit struppigem grauem Haar und rollenden Augen. Er trug diesen Namen, weil er aus Dorschlebern Tran kochte und damit sein Haus einpinselte; im Sommer, wenn die Sonne schien, schmolz der Tran und verbreitete einen unleidlichen Gestank. Er ging Sommer und Winter ohne Weste und Wams und mit nackter Brust. Neben ihm saß ein kleiner Fischer, wegen seiner großen Hässlichkeit »Doppeltschön« genannt, und an dem langen Tisch verstreut saßen noch verschiedene andere. Sie schliefen mehr oder minder alle; hie und da erwachte einer, trank seinen Bittern oder seinen Grog aus und sank wieder zusammen. Der Wirt schlich mit frommer Miene ein und aus, sorgte dafür, dass etwas in den Gläsern war, und schrieb an.

Ein Fischer hob den Kopf. »Wird schon gehen«, sagte er, vielleicht als Fortsetzung eines Traumes. Der Wirt zog tief bedauernd die Schultern hoch, als wollte er sagen, dass er seine Hände in Unschuld wasche, worauf der andere sein Glas leerte und den Kopf wieder auf die Arme fallen ließ.

Beim ersten Tagesschimmer wurde plötzlich die Tür aufgerissen, und Marthas Junge stürzte mit dem Ruf »Ein Wrack! Ein Wrack!« in die Gaststube.

Da kam Leben in die Fischer. »Wo liegt es?« – »Ist es

groß?« – »Kann es in den Hafen hinein?«, scholl es von verschiedenen Seiten.

»An der Landspitze! Es ist eine Brigg! Mutter meint, Jakob brächte sie wohl in den Hafen«, berichtete der Junge atemlos.

Man zweifelte ein wenig daran, dass selbst Jakob imstande wäre, eine Brigg in den ziemlich seichten Hafen zu bugsieren, indessen hatte man doch großen Respekt vor Marthas Worten; sie hatte bei verschiedenen Anlässen mehr Scharfsinn bewiesen als die alten, erfahrenen Fischer.

Die Frage war von großer Wichtigkeit. Konnte die Brigg in den Hafen gebracht werden, so hieß es, sie dann um jeden Preis auch flottzumachen, um das Möglichste aus ihr herauszuschlagen; im entgegengesetzten Fall musste man lieber sein Augenmerk darauf richten, dass sie recht solid festsaß, damit nicht etwa ein Dampfer sie ins Schlepptau nahm und in einen größeren Hafen bugsierte, der dann den Löwenanteil an dem Gewinn für sich in Anspruch nehmen würde.

Man sah daher Jakob fragend an, und dieser erwiderte: »Entweder wir kriegen sie in den Hafen, oder die See soll sie kleinhacken und die Jungens die Splitter aufklauben.«

»Ja, aber die Verantwortung, die Verantwortung?«, wandte der Wirt ein.

Er hielt zweimal wöchentlich Bibelstunde ab und gehörte zu den »Erweckten«; übrigens war er selbst stark an einem glücklichen Ausgang der Sache interessiert und hatte ihnen auch eine der Laternen geliehen.

Jakob verdross dieser unzeitige Einwurf. »Links vor der rechten und rechts vor der linken und südlich um das Riff!«, schrie er und schlug mit der Faust auf den Tisch. Das war sein Ausdruck für die goldene Mittelstraße der Moral.

Dann gingen sie in geschlossenem Trupp mit Jakob an der Spitze zum Hafen.

Draußen auf den Unterwasserklippen der Landspitze saß eine Brigg, der Vordersteven ragte bedeutend höher empor als der Achtersteven. Der Fockmast war geknickt, als das Schiff auf Grund lief, und hing über die Takelage herab; sonst schien die Brigg nicht besonders viel Schaden gelitten zu haben. Man war sich jedoch bald klar darüber, dass sie geborgen werden musste, solange Hochwasser war. Sank erst das Wasser, so würde es nicht möglich sein, sie ohne Hilfe eines Dampfers flottzumachen – geschweige denn, sie in den Hafen zu bringen.

Während dieser Erwägung ruderten Jakob und ein paar andere Fischer hinaus und krabbelten an Bord. Der Kapitän stand an den Großmast gelehnt und weinte, der Steuermann und ein paar Matrosen waren eben dabei, den geknickten Mast von der Takelage zu befreien; nur der Küchenjunge, fast noch ein Kind, saß in der Tür seiner Kombüse und stopfte mit sorgloser Miene Strümpfe.

Es war eine Stettiner Brigg, die mit einer Ladung Weizen heim sollte, und Jakob, der des Deutschen mächtig war, musste die Verhandlungen leiten. Er schwor darauf, dass weit und breit kein Rettungsdampfer zu haben sei (es lag einer drüben auf der anderen Seite der kleinen Insel), und bot die Hilfe der Fischer an.

Der Kapitän sah ein, dass die zweitausend Kronen, die die

Fischer verlangten, um die Brigg flottzumachen und in den Hafen zu bringen, im Verhältnis zu dem, was ein Rettungsdampfer kosten würde, eine sehr geringe Summe waren, und ging auf den Vorschlag ein. Auf seine besorgte Erkundigung, wie tief der Hafen sei, fragte Jakob höhnisch, welchen Tiefgang sein »Vollschiff« wohl habe und ob er denn glaube, dass er in einen Rinnstein hineinsolle.

Der Kapitän war beruhigt, und seine gute Laune kehrte wieder. Beim Pumpen zeigte sich, dass die Brigg nur ein unbedeutendes Leck erhalten hatte. Den untersten Teil der Schiffsladung musste man ja wohl losschlagen, so gut oder schlecht es eben ging; das Übrige dagegen hatte kaum durch das Wasser gelitten. Sobald die Leckstelle abgedichtet war, konnte man die unbeschädigte Ware wieder laden und heimbringen. Die Kosten des Umladens wären, wie die Fischer sagten, hier nicht so groß.

Als eine Stunde später die vierzig Boote anlangten, jedes mit drei Leuten bemannt und mit Persenningen ausgefüttert, um den Weizen gut aufzunehmen, lud der Kapitän die ganze Schar an Bord ein und traktierte sie mit Wein und Zigarren.

Vierundzwanzig Stunden wurde hart und ohne Ablösung gearbeitet, und am nächsten Vormittag war das Schiff so weit geleichtert, dass man es durch das Ausfahren einiger Anker ohne große Schwierigkeiten freibekam.

Der Wind half mit; Jakob selbst stand am Steuer, und hinein ging es in den kleinen Hafen. »Wir haben zu viel Zeug gesetzt, Mann! Wir fahren ja mitten in das Dorf hinein!«, schrie der Kapitän, den die rasche Fahrt beunruhigte.

»Nein, never mind!«, erwiderte Jakob ruhig und hielt das Schiff mitten in der Einfahrt.

»Zum Kuckuck, es scheint, sie gerät auf Grund!«, schrie der Kapitän wieder.

Aber Jakob hatte das Ruder schon umgelegt. Der stärkere Druck auf die Segel verlieh dem Schiff eine stärkere Schräglage und ließ es dadurch freikommen, und mit einem flotten kleinen Aufschießer fuhr es bis dicht an den Kai.

»Ihr steuert flott«, meinte der Kapitän bewundernd. »Aber was zum Kuckuck ist das?« Und er zeigte auf das Kielwasser, wo Schlamm und Tang sich an der Oberfläche wälzten wie kochender Brei.

»Niederer Wasserstand«, versetzte Jakob, ohne zu zwinkern.

Der Kapitän lugte zu den Molen hinüber; es war kein Anzeichen eines früheren höheren Wasserstandes zu sehen, es musste also eine Lüge sein. Aber er war eine friedliche Natur, und nun lagen sie einmal da.

Die Reparaturen zogen sich hin; die Schiffszimmerleute im Dorf waren nicht die tüchtigsten, und man war auch gar nicht versessen darauf, die Brigg loszuwerden – es fiel ja doch ein ganzer Haufen Verdienst für die Geschäftsleute und Wirte ab.

Als sie endlich klargemacht hatten, um den Weizen wieder einzuladen, und der Kapitän den Hafen ausloten ließ, zeigte sich, dass man unmöglich mit der Ladung auslaufen könne. Draußen im Tiefen das Getreide abermals mithilfe der Boote an Bord zu nehmen würde sich jedoch nicht rentieren; es war schon zu viel vom Wert der Ladung aufgezehrt worden, und das würde ihn vollends fressen.

So musste sich denn der Kapitän, wenn auch ungern, entschließen, das Ganze zur Versteigerung zu bringen und zu nehmen, was zu bekommen war. Dass es nicht viel wurde, wusste er von der Versteigerung des beschädigten Teils der Ladung her; Käufer waren damals zwar genug zur Stelle gewesen, aber es schien ein Übereinkommen zwischen ihnen zu herrschen; keiner wollte das Angebot hochtreiben.

Und genauso ging es auch jetzt.

Beim nächsten Hochwasser halfen die Fischer dem Kapitän edelmütig aus dem Hafen hinaus, und er nahm Kurs heimwärts, gerupft und ausgezogen bis zum Kielschwein.

In Kaas aber tafelte man.

Der Hufschmied von Dyndeby

Draußen in Dyndeby, an der Südspitze von Bornholm, wohnte er und hatte seine Schmiede, und dort war es, wo er wetternd und fluchend seine grauen Hengste tummelte. Aber in Rønne war er geboren und aufgewachsen, und alte Leute erzählten aus seiner Kindheit Folgendes:

Am Rande des Stadtangers, im Meierhof mit dem gaffenden Tor war er geboren. Als der Vater von seiner Arbeit hereinkam und das neugeborene Kind von der Mutter nahm, ließ er es auf den Boden fallen. Die Leute sagten, er habe es mit Absicht getan, um zu sehen, ob der Junge »vom rechten Holze« sei. Der Junge hielt es aus, und der Vater war ganz stolz auf ihn. Als das Kind aber zu gehen anfing, hinkte es.

Von dem Tage an, da der Vater ihn gehen sah, konnte er ihn nicht leiden; und wenn er von der Arbeit heimkam, jagte er das Kind mit seinem Blick von Stube zu Stube. Zuletzt trieb er ihn ganz aus dem Haus, und der Junge, der damals sieben, acht Jahre alt war, machte sich zu den Schweinen hinüber und aß und schlief bei ihnen.

Da draußen lag er und wühlte herum; die Mutter, eine Sklavin von einem Weib, und die Mägde sahen heimlich nach ihm und gaben ihm ordentliches Essen; und wenn der Vater fort war, kam er hervor und schlich in die Gesindestube. Hörte er aber des Vaters Schritt sich dem Stall nähern, so kroch er tief in sein Versteck und lag da und zitterte wie ein kranker Hund.

Der Vater tat dann oft, als sähe er ihn nicht, setzte sich mitten in den Stall und begann ihn zu locken. Mehrmals ließ der Knabe sich hervorlocken, aber die Behandlung, die ihm sein Vater dann zuteilwerden ließ, machte ihn schlau, und später lag er ganz still, wenn er die Locktöne hörte. Da wurde der Vater aufgebracht und fing an, mit Stockprügeln und Peitschenhieben zu drohen, und der Junge kam durch Unrat zu ihm hingekrochen. Nun begann der Vater, mit ihm zu spielen, kniff ihn mit harten, krummen Fingern in Arme und Beine, stieß ihn auf den Steinen herum, kitzelte ihn, dass er fast Krämpfe bekam, und sprach freundliche Worte zu ihm. Anfänglich weinte der Knabe bei dieser Behandlung, später aber schwieg er und war zu keinem Laut zu bewegen.

Der Vater lobte ihn dafür, verstärkte aber seine Martern, um zu sehen, ob er auch wirklich so hart sei, wie er schien.

Eines Tages setzte der Knabe sich zur Wehr.

Der Alte nickte vergnügt und ließ ihn in Frieden; als er aber über den Hof ging, traf ein Stein ihn so in den Nacken, dass er blutete und sich zu Bett legen musste.

Einige Zeit musste der Vater das Bett hüten. Die ersten Tage lag er in Phantasien und sprach unaufhörlich von seinem Sohn. Und als er wieder zu sich kam, flüsterte er, er wolle ihn sehen. Aber der Junge mochte nicht hinein. »Sagt, dass ich krank bin, dann kommt er vielleicht«, bat der Alte. Aber der Knabe wollte trotzdem nicht. Als der Vater hörte, was er geantwortet hatte, zuckten seine Augenbrauen, und ein nervöses Zittern überfiel ihn.

Sein erster Gang nach der Genesung galt dem Stall. Da saß der Junge und hatte sich hinter einer Trebertonne verschanzt, und um sich herum hatte er runde Steine aufgehäuft. »Willst du nicht zu uns anderen hereinkommen?«, fragte der Vater, während er ein wenig geduckt vor ihm stand und ihn ernst betrachtete. Der Junge antwortete nicht, sondern zielte mit einem Stein nach ihm. »Du sollst alles haben, was du willst!« Der Junge warf, traf aber nicht. – »Deine Mutter ist krank, sie möchte dich gern sehen«, fuhr der Alte fort und suchte hinter einem Pfosten Schutz. Als Antwort schlug ein Steinregen gegen den Pfosten. Da wurde der Alte blaurot im Gesicht, und die Halsschlagadern wurden fingerdick und ganz blauschwarz. Er ergriff einen großen Stein, bezwang sich aber und schritt langsam über den Hof zurück.

Lange Zeit kam der Vater nicht wieder, aber er ließ durch die Mägde dem Jungen Sülze und andere gute Speisen vorsetzen. Er selbst irrte ruhelos umher und sprach laut mit sich selber, und wenn die Dienstleute ihn etwas fragten, gab er sinnlose Befehle.

Eines Tages aber stand er wieder da. In einer Hand hatte er einen Strumpf voll Silbergeld und klingelte damit, die andere hielt er vor sich hin, wie um einen Schlag abzuwehren. »Sieh her, Baare«, begann er, »dafür habe ich ein ganzes Leben ge-

geizt und geknickert. Entbehrt habe ich und mich geschunden und gespart – und meine Dienstleute hungern lassen und mit meinem Nächsten um einen halben Deut gestritten, nur um diesen Strumpf zu füllen. Aber hör auch, wie das klingelt.« Und er schlug den gefüllten Strumpf an sein krummes Knie. »Du aber sollst es haben, alles, jede einzelne Münze, wenn du mit deinem alten Vater hereinkommen willst.« Und er streckte ihm mit zitternden Händen den Strumpf entgegen.

Der Junge nahm ihn und betrachtete ihn. Dann fuhr zum ersten Male ein derbes Grinsen über sein Gesicht, er öffnete den Strumpf und streute seinen Inhalt in den Verschlag zu den Schweinen. Die fuhren grunzend auf die Münzen los und wühlten sie mit ihren Rüsseln rasch in den Morast hinein. Der Alte aber ging weinend fort, und es war das erste Mal, dass jemand ihn mit nassen Augen sah.

Den nächsten Tag ging er in das Gebüsch hinaus und schnitt sich eine dünne, schlanke Haselrute, die er abschälte, damit sie noch geschmeidiger würde.

Und wiederum stand er vor dem Knaben, fast hinfällig anzusehen, so sehr hatte die letzte Zeit an ihm gezehrt. »Was willst du denn, Junge?«, fragte er mit bebender Stimme. »Willst du noch mehr Rache? Sieh meine Hände, wie runzlig sie geworden sind; sieh meine schlaffen Beine, wie sie mich kaum noch tragen! Ist das nicht Rache genug? Dein Vater wäre hart, sagt man, du aber bist noch härter. Du gibst Rohes für schlecht Gekochtes! Sieh also her!« Und er gab ihm die Haselrute, entblößte sich und stellte sich vor ihn hin.

Der Knabe tat, als verstehe er ihn nicht. Er saß eine Weile da und betrachtete den haarigen Rücken des Vaters, drückte mit dem Ende der Rute auf die hervorstehenden Rückenwirbel und fing dann an, sich mit seinem lahmen Bein zu beschäftigen.

Der Vater legte sich zu Bett; er sprach kein Wort und nahm weder Flüssiges noch Festes zu sich. Die Leute kamen und gingen, um nach ihm zu sehen. »Sollen wir dir den Jungen hereinschleppen?«, fragten sie. Er aber schüttelte bloß den Kopf. Und am zwanzigsten Tag durchzuckte es ihn, und er war tot. »Wer Hanf säet, erntet Hiebe«, sagten die Leute. »Er ruht auf seinen Taten.«

Damals war der Junge vierzehn Jahre alt.

Ein paar Jahre blieb er noch daheim auf dem Hof und stromerte umher. Unsauber war er und ein unangenehmer Geselle, und böse war er auch. Kränkte ihn jemand, so ging ein derbes Lächeln über sein Gesicht, und seine Rache kam so sicher wie die Tage der Woche. Als er aber sechzehn Jahre alt war, nahm er Heuer und ging auf große Fahrt.

Danach sah man ihn viele Jahre nicht, hörte aber doch hie und da von ihm. Eines Tages kam ein junger Kerl mit drei Fingern zu wenig an der einen Hand heim. Er war zusammen mit Baare gesegelt; sie waren eines Tages in Streit geraten, und er hatte auf Baares Lahmheit angespielt. Und einmal, als er just die Hand auf die Reling gelegt hatte, »fiel« Baare von der Rahnock herunter, prallte mit den Stiefelabsätzen an die Reling und zerschmetterte dem andern drei Finger. Baare selbst brach dabei das Bein, lachte aber bloß und sagte: »So, jetzt ist das gute Bein auch noch zum Teufel!«

Ein andermal verlautete, er sei bei einem rasenden Sturm im Golf von Biskaya über Bord gegangen. Aber obwohl er schwere Kleidung anhatte – es war Winter – und das lahme Bein beim Schwimmen nicht gebrauchen konnte, lag er immer noch in den Wellen und strampelte, als sie nach drei Viertelstunden wenden und zu ihm hinkreuzen konnten. »Vollmatrose Baare Hermansen aus Rønne?«, rief ihn der betrunkene Kapitän an. »Jawohl, Herr Kapitän! Werft hierher!« Und er wurde heraufgezogen. Inzwischen hatte er sich im Wasser halb ausgezogen.

Dann verlor man für eine Reihe von Jahren jede Spur von ihm.

Das Geschlecht, das jetzt in seinem besten Alter steht, wird sich entsinnen, wie er endlich heimkam und das Gerücht hinter sich herschleppte, dass er Seeräuber und Sklavenhändler gewesen sei und in Kopenhagen im schwarzen Buch stehe. Viele meinten auch, er müsse Freimaurer sein.

Er hatte sich gar nicht verändert, war nur noch herausfordernder und spöttischer geworden.

Einen Tag lang schleppte er sich auf zwei Krücken stöhnend durch die Stadt, während die ganze Straßenjugend ihm auf den Fersen folgte. Wurden aber die Jungen zu aufdringlich, so warf er die Krücken von sich und verfolgte sie. Den nächsten Tag spazierte er stramm und steif durch die Straßen, und es war kaum zu sehen, dass er hinkte.

Die Leute vermieden es möglichst, ihm in die Quere zu kommen, und trat ihm jemand versehentlich wohlwollend entgegen, so war er selber der Erste, der es ihm verleidete. Man duldete ihn, weil er Geld haben musste wie Heu. Er war ja Freimaurer, und diese Leute verkauften sich dem Teufel, um reich zu werden! Seine einzige Tätigkeit bestand denn auch darin, seine Nebenmenschen zu foppen.

Das freilich tat er zur Genüge. Er hatte zwischen die Pflastersteine einen Pflock getrieben und eine Silbermünze darauf festgenagelt; und wenn die Leute sich bückten, um die Münze aufzuheben, lag er in seinem Fenster und lachte sie aus. In der Dämmerung pflegte er auch kleine Päckchen auf die Straße zu legen. Entweder war deren Inhalt von zweifelhafter Beschaffenheit, oder er hatte eine dünne Schnur daran befestigt und zog in dem Augenblick daran, wo einer sich bückte und nach dem Päckchen greifen wollte.

Es erregte allgemeine Freude in der Stadt, als es hieß, Baare habe ein Haus am Südende der Insel gekauft.

Das Anwesen hatte Felder für zwei Pferde, und außerdem war eine Schmiede dabei. Baare hatte keine Ahnung vom Schmiedehandwerk, aber das hinderte ihn nicht, ganz ruhig die Pflüge und die anderen Geräte entgegenzunehmen, die die Bauern in die Schmiede brachten. Fragten sie, wann sie die Sachen wieder holen könnten, so erwiderte er: »Oh, ihr könnt ja diese Woche einmal hereinschauen.« Allmählich holten sie ihre Geräte zurück, und die Schmiede stand wieder leer.

Indessen machte sich Baare eifrig daran, seinen Boden zu

bestellen, und die Nachbarn standen jenseits der Grenzsteine und ergötzten sich an seiner Landwirtschaft. Als aber Baare die Raine zu seinen eigenen Äckern umpflügte und Steine und Wurzeln aus seinem Feld auf die der Nachbarn warf, bekam er Prozesse. Und die Urteile ergingen gegen ihn. Sooft aber Baare verlor, passte er seinen Widerpart in der Dunkelheit ab und prügelte ihn durch.

Es wuchsen viele Disteln auf Baares Acker, und wenn die Nachbarn sonntags in Hemdsärmeln dastanden und mit sichtlichem Wohlbehagen ihre Saat betrachteten, stand Baare auf seiner Seite und sah mit nicht geringerer Freude seine Disteln gedeihen. Und in den heißesten Tagen des Hochsommers trug der laue Wind den Samen in dicken, wolligen Wolken auf die Felder der Nachbarn hinüber. Im nächsten Jahr sah man das Unkraut von Baares Äckern aus nach allen Seiten in langen Zungen auf den angrenzenden Äckern – wie Schneewehen nach einem Gestöber. Und die Nachbarn konnten ihm nichts deswegen tun.

Aber die Prozesse kosteten Geld, und die Disteln warfen nichts ab. Baare begann, sich nach einer neuen Einnahmequelle umzusehen.

Am anderen Ende des Sprengels wohnte ein älterer Bauer, mit dem Baare mitunter Karten spielte. Der Bauer hatte eine Schwester, deren höchster Wunsch es war, zu heiraten, und er tat das Seinige, um sie abzusetzen; aber es wollte ihm trotz ihrer zwanzigtausend Kronen und des stark entwickelten Sinns der Bevölkerung für Zahlen mit Nullen dahinter nicht glücken. Sie war nämlich bissig und boshaft und hatte eine

Zunge wie Gift und Galle. Kein Teufel könne mit ihr umgehen, hieß es allgemein.

Das kitzelte Baares Eitelkeit; es war fast der Mühe wert, zu erproben, ob sie sich nicht zähmen ließe. Und die Zwanzigtausend taten den Rest.

Er freite um sie und bekam ein Ja.

Im folgenden Jahr lebten die Nachbarn in völligem Frieden mit Baare Hermansen, und außer Haus war er die Nachgiebigkeit selbst. Daheim im Schmiedehaus aber tobte der Kampf vom Morgen bis zum Abend und vom Abend bis zum Morgen.

Dieser Kampf war für Baare etwas Neues. Früher war *er* stets der angreifende Teil gewesen, aber hier war zumeist *sie* es, die Händel anfing, und dies ohne Rücksicht darauf, ob er dazu aufgelegt war oder nicht. Er warf sich in den Kampf mit der ganzen Unerschrockenheit, die ihm eigen war, und in der sicheren Erwartung des Sieges.

Aber der Sieg blieb aus.

In der Kunst, Streit vom Zaune zu brechen, konnte er sich mit ihr nicht messen, und wenn er zum Stock griff, gebrauchte sie ihr Mundwerk nur umso schlimmer und überschüttete ihn mit einem solchen Hagel von Schimpfworten und Flüchen, dass es ihm unmöglich war, sich Gehör zu verschaffen. Für jeden Schlag rächte sie sich durch tausend Kleinigkeiten: Sie versteckte ihm seine Sachen, mischte Brechpulver in sein Essen und hielt ihn Tag und Nacht durch ihr Gekeife wach.

Er versuchte, ihr die Hölle so heiß zu machen, dass sie

Reißaus nehme, aber sie hielt tapfer stand. Zuletzt gab er den Kampf auf und ging zu seinem Schwager, um ihn zu bitten, sie zurückzunehmen. Aber das wollte der Bauer um keinen Preis, und sie selbst mochte auch nichts davon hören. »Ich habe es ja am besten bei meinem lieben Männchen«, erklärte sie. Da knickte er ganz zusammen und ging ihr aus dem Weg, und es kam so weit, dass er dankbar war, wenn sie ihn bloß halbwegs in Frieden ließ. Und seine Mitmenschen hatten nie mehr Grund, über ihn zu klagen.

Aber desto mehr die Tiere!

Er fand es plötzlich widersinnig, dass man die Tiere anbinden müsse, damit sie in ihren Ständen blieben, und fing an, sie abzurichten. Eines Tages kaufte er zwei graue Hengste, hauptsächlich, weil er hörte, dass keiner es wage, mit ihnen zu fahren. Er setzte sich zum Ziel, sie ohne Zügel zu lenken, bloß durch seine Stimme, und schuftete von früh bis spät mit ihnen. Sie bekamen viel Prügel, und zuletzt hatte er sie so gut dressiert, dass sie seinem leisesten Wink gehorchten und zitterten, sobald sie seine Stimme hörten. Im Stall standen sie ohne Halfter, und wenn er fahren wollte, riss er bloß die Stalltür auf und klatschte in die Hände; dann kamen sie und stellten sich jeder an eine Seite der Deichsel.

Seine Macht über die beiden Tiere war groß. Er konnte sie ohne Peitsche und Zügel in das wildeste Tempo bringen, dass der Schaum um sie herumflog und Funken von ihren Hufen stoben; und auf einen Laut von ihm blieben sie auf der Stelle stehen. Wenn zur Nachtzeit ein Wagen durch die Straßen der Provinzstadt rasselte, dass die Fenster klirrten und der

Kachelofen sang, fuhren die Leute von ihrem Lager auf und sagten: »Da fährt der Hufschmied von Dyndeby vom Krug heim!« Selbst im dichtesten Dunkel behielt er seine wilde Fahrt bei, und wenn er zur Stadt fuhr, steckte er bisweilen die Hände in die Taschen und heizte seine Hengste mit Zurufen weiter. Dann ging es in vollem Galopp quer durch die Stadt, die Hafengasse hinunter und die lange, schmale Hafenmole entlang. Und ganz draußen auf der Mole hielt er die Rosse mit einem Pfiff an.

Er kannte keine Furcht. Eines Tages sollte ein großer, bösartiger Stier in die Stadt gebracht und von da eingeschifft werden. Vier Männer hielten ihn, er hatte einen Ring durch die Nase, ein Spannseil um das Vorderbein und eine Binde vor den Augen. Trotz alledem riss er sich los und richtete eine furchtbare Verwirrung an. Da nahm Baare Hermansen es auf sich, ihn zur Stadt zu bringen. Er band ihn am Hinterbrett seines Wagens fest, nahm ihm die Binde ab und setzte dann das Fuhrwerk langsam in Bewegung. Nach und nach beschleunigte er aber die Fahrt, so dass der Stier genug damit zu tun hatte, Schritt zu halten; und sie erreichten den Hafen, ohne dass der Stier die geringsten Schwierigkeiten gemacht hätte. »Der fürchtet sich wahrhaftig nicht«, sagten die Leute.

Nur seiner Frau gegenüber war er nicht eben kühn. Er mied so viel wie möglich ihre Nähe und lag beständig mit seinen Hengsten auf den Landstraßen. Gab es eine Arbeit, bei der die Bauern ihre Pferde für zu gut hielten, so übernahm er sie. Er fuhr Steine für Bauten und für Gemeindewege heran, und sollte eine Dreschmaschine versetzt oder die Straße mit der großen Steintrommel gewalzt werden, eine Arbeit, zu der man sonst immer vier bis sechs Pferde brauchte, so bewältigte er sie mit seinen beiden Hengsten. Es gab nichts, von dem es hieß, dass sie es nicht könnten. Stieß er seinen drohenden Zuruf aus, so legten sich die beiden Tiere zitternd ins Zeug, und dann musste entweder das Geschirr springen oder das Ding sich bewegen.

Eines Tages hatten sie die große, eigentlich für sechs Pferde bestimmte Steintrommel eine Viertelmeile über einen neugeschotterten Weg gezogen. Nun standen sie da, die Köpfe im Futtersack vergraben, und Baare saß im Straßengraben und aß sein Vesperbrot. Die Bremsen quälten sie, und eines von ihnen pflanzte den Huf auf den Futtersack, um ihn abzustreifen. Baare rief das Tier an; es hielt einen Augenblick inne, begann dann aber von Neuem. Da fuhr er auf und sprang vor die Köpfe der Hengste hin, griff ihnen in die Nüstern und drängte sie gewaltsam rückwärts, der Trommel zu. Die Hengste prusteten, stellten sich auf die Hinterbeine und hoben ihn in die Luft, aber er ließ nicht los. Zweimal hoben sie ihn empor und warfen ihn wieder zu Boden; da fiel er hin, und das dritte Mal zerstampften sie ihn mit ihren Hufen.

So kam der Hufschmied von Dyndeby in seiner zweiten großen Niederlage ums Leben. Die Witwe machte wiederholt Versuche, sich selbst und die unlenkbaren Hengste an den Mann zu bringen, aber so gefürchtet waren sie und die Tiere weithin auf der Insel, dass niemand mit ihnen anzubinden geneigt war. So standen sie alle drei »eingestallt« und wurden fett, bis sich der Tod der einen und der Pferdeschlächter der beiden anderen erbarmte.

Über den Autor

MARTIN ANDERSEN NEXØ wurde am 26. Juni 1869 in Kopenhagen geboren. 1877 übersiedelte die Familie Andersen nach Neksø auf die Insel Bornholm. Hier arbeitete er als Hütejunge und Dienstmann. Nach Beendigung einer Schuhmacherlehre besuchte er die traditionsreiche Volkshochschule in Askov. Während er sich in Odense auf der Insel Fünen als Lehrer verdingte, begann er mit seiner literarisch-journalistischen Arbeit. 1894 bis 1896 unternahm er eine Reise nach Italien und Spanien, um eine Tuberkulose auszuheilen. Seit 1910 hielt er sich immer wieder länger in Deutschland auf, wo er von 1923 bis 1929 seinen festen Wohnsitz hatte. 1925 heiratete er in dritter Ehe Johanna May aus Karlsruhe. Andersen Nexø unterstützte alle wichtigen internationalen Aktionen gegen Faschismus und Krieg und nahm an den Schriftstellerkongressen zur Verteidigung der Kultur in Paris und Madrid teil. Während der deutschen Besetzung Dänemarks 1941 wurde er verhaftet, 1943 gelang ihm die Flucht nach Schweden, 1944 ging er ins Moskauer Exil, aus dem er 1945 nach Dänemark zurückkehrte. 1951 übersiedelte er in die DDR, wo er in Dresden-Weißer Hirsch eine Ehrenwohnung bezog. Hier starb Andersen Nexø am 1. Juni 1954. Die Beisetzung erfolgte in Kopenhagen, wo auch sein literarischer Nachlass betreut wird.

DIE ANDERE BIBLIOTHEK wird herausgegeben
von JULIA FRANCK und RAINER WIELAND.

Martin Andersen Nexø
Bornholmer Novellen
ist im Mai 2024 als GROSSES BUCH IM KLEINEN FORMAT in
der ANDEREN BIBLIOTHEK erschienen.

Die Novellen sind in dieser Zusammenstellung und Übersetzung
erstmals 1984 im Aufbau-Verlag Berlin und Weimar erschienen. Interpunktion und Orthografie folgen den heute gültigen
Duden-Regeln.

Dieses Buch wurde gestaltet von Manja Hellpap
unter Verwendung eines Motivs von Richard Caspole (The Wave).

Den Satz besorgte Dörlemann Satz, Lemförde.

Die Herstellung lag in den Händen von Antje Born.
Gedruckt und gebunden wurde bei Friedrich Pustet GmbH & Co. KG, Regensburg.
Als Inhaltspapier wurde 90 g/m² holzfreies Werkdruckpapier,
für den Einband Brilliantaleinen von Schabert GmbH & Co. KG eingesetzt.

ISBN 978-3-8477-4039-1
DIE ANDERE BIBLIOTHEK
© Aufbau Verlage GmbH & Co. KG, Berlin 2024
www.aufbau-verlage.de
10969 Berlin, Prinzenstraße 85

Der Verlag behält sich das Text- und Data-Mining nach § 44b UrhG vor, was hiermit Dritten ohne Zustimmung des Verlages untersagt ist.

Die Andere Bibliothek